造子成龙 英才强国

【法】思特·詹博士 著

第一册

南开大学出版社

图书在版编目（CIP）数据

造子成龙 英才强国．第1册／（法）詹著．-- 天津：南开大学出版社，2011.12

ISBN 978-7-310-03817-6

Ⅰ．①造… Ⅱ．①詹… Ⅲ．①青少年教育－研究 Ⅳ．① G775

中国版本图书馆 CIP 数据核字（2011）第 267680 号

书名：造子成龙　英才强国

出版发行：南开大学出版社
地　　址：天津市南开区卫津路 94 号
邮　　编：300071
出 版 人：孙克强
印　　刷：天津午阳印刷有限公司
开　　本：787mm×1092mm　1/16
印　　张：14.75
字　　数：177 千字
版　　次：2011 年 12 月第 1 版
印　　次：2011 年 12 月第 1 次印刷
印　　数：3000 册
定　　价：76.00 元

序　言

时下，"望子成龙"传递出一种社会焦虑，各种有关青少年儿童培养教育的书籍虽层出不穷，但真正卓有成效的办法却不多。怎样才能有效地实现家长"望子成龙"的愿望呢？为民族复兴打造超人的思特·詹博士的超前思维无疑会给您指点迷津。

《造子成龙　英才强国》不同于一般教育书籍，它强调我们可以像造机器人那样打造超级人才——"造龙"。该书因詹氏"造龙"学说及其现代教育新思维在中国教育发展史上的影响，可以说既挑战了一个时代，也奠基了一个时代。其实质就在于使您的梦幻变现实，现实指导超现实。

思特·詹博士指出，"人们一般认为，英雄是天生的；我则认为英雄是可以打造出来的，而不是养出来的。""中国人一向勤劳本分，但普遍缺乏创造力和攻击力，所以要从小锻炼孩子的创造力、攻击力和防御力。""中华民族需要英雄，但不是一两个毛泽东、比尔·盖茨或巴菲特那样的英雄，而是成千上万个能团结在一起的英雄。""经科学实践证明，靠传统教育手段，这样的目标是难以实现的，只有把人像打造机器人那样打造，才可以实现。"

既然"成龙"是可以实现的，那么如何像打造机器那样造"龙"呢？

詹氏"造龙"学说及其现代理念包括：新人类论与新机器人论。

人类按能力可分为六级：第一级：原态人，从出生直至成年，基本未受过教育；第二级：普通人，也叫凡人或常人，受过高中以下中等教育；第三级：智人，受过高等教育，有一些才能并具有一定的执行力和忠诚度；第四级：高级智人，受过高等系统教育，有相当的智慧，具备很强的执行力；第五级：超人，具有刘备之德、诸葛亮之慧、曹操之谋；第六级：龙王，不仅具备超人的要素，还要具备爱因斯坦

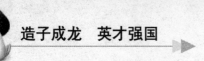

的智商、秦始皇的志向和毅力。

新机器人按技能分为六代，按照目前的技术水平，全球已经研制出了三代机器人。第一代是"简单型机器人"，是一种没有感知能力的机器人，更像一种精密机器，适合于重复的工作。第二代是"感知反馈型机器人"，具有一些对外部信息进行反馈的能力，诸如触觉、视觉等，特别适合完成矿井、海底、高温高压高腐蚀环境下的勘探、操作、科学考察等任务。第三代则是"智能机器人"，或称"似人机器人"，它不仅外形像人，具备各种感知能力，还拥有类似于人类的判断、处理能力。第四代："机器真人"，有知识，有智慧，具备一定灵感和创造力。第五代："机器超人"，除具备机器真人的能力外，还具备有高级机器的身体和战斗力、飞行力。第六代："机王"，具有超人的智商、高级机器的身体、龙王的素质。

詹氏理论的战略意义就在于：未来的人类世界将被机器人统治，谁能快速制造出高水平的机器人，就会在未来世界占有一席之地。

新人类论与新机器人论为未来指明方向：10年后似人机器人出现，30年后真人机器人出现，50年后机器超人出现，100年后机王出现。

什么样的人生能称之为成功？如何打造"超人"乃至"龙王"呢？

为实现这些目标，本书以詹氏"三界论"、"机器论"等理论为导向，探寻人才能力之源泉，剖析青少年成长各阶段教育的特点及成才之道，并演绎出诸多独特的教育方案。在中国传统"水牛文化"的基础上，取其精华、弃其糟粕，并吸收其他国家优秀文化，从而形成独具创意的詹氏"造龙"理论，并将其贯穿于全书始末，深入浅出地诠释了一种全新的现代教育理念。在《造子成龙　英才强国》中，您能看到的是幽光狂慧，看到天纵之神思，看到机锋、顿悟、妙谛，感受到如飞瀑、如电光般的灵感。可以这么说，作者出于一种天性和气质，正是把理想和现实融合在一起引发哲思，开启了新的教育时代。

书中指出，人们"望子成龙"心切，其结果往往"望子成宠"。启动"造龙"工程，教授更多具有针对性、切实有效的教育方法，培养他的"灵气"、"阳气"、"阴气"；使孩子从脱离"原态人"、"凡人或常人"开始，逐步打造成"智人"、"高级智人"，直至"超人"、"龙王"；使成千上万条真正的巨龙腾飞。全书从造龙准备工作开始，即从夫妻婚前、胎教直至18岁的教育方式和方法分别阐述，为广大读者提供了详尽的教育方法，具有非常实用的价值。

全体编辑人员
2011 年 11 月

目 录

第三章　　启蒙教育——3 岁之前

（后续）18—22岁这一阶段，是培养谋略及管理才能的黄金时期，是未来事业成功及家庭和谐的基石，那么该如何培养呢？请关注《造子成龙　走向成功》第二册。

詹博士小儿子科莱蒙在获奖仪

式上（前排右一），2011年6月于巴黎

人才能力之源泉

"人们一般认为，英雄是天生的，我则认为英雄是可以打造出来的，但不是靠常规手段培养出来的。"

"中华民族需要英雄和人才，但不是一两个比尔·盖茨或巴菲特那样的人才，而是成千上万个活跃在各行各业的精英人才。"

"经科学实践证明，靠传统教育手段培养英雄这样的目标是难以实现的，只有像打造机器人那样打造孩子，才可以实现。"

——詹博士感悟

像中国这样一个统一的多民族国家，可谓地大物博、文化悠久、人才众多，但为什么鲜有人在世界上取得突破性成就，尚无获诺贝尔奖者，这种现象实属反常。据专家测定，中国人智商很高，很多华人、华侨在国外身居要职、并取得举世瞩目的成果，为什么会出现这种反常的现象呢？詹博士将在下文中为您解答。

所谓"造子成龙"，就是将孩子打造成德如孔子、智如爱因斯坦、谋如曹操、慧如诸葛亮那样的人才。古人云"三岁看大，七岁看老"。这句古语从侧面说明，一个人的智商等基本要素往往在三岁前就基本形成，以后不会有太大改变；性格等价值取向往往在七岁前就决定了大部分，之后的改变不会太多。很多做父母的，却往往忽略了孩子这段最重要的时光，或不知从何下手。

纵观当代世界文化，中国文化是"水牛文化"，欧洲文化属于"家猫文化"，美国文化属于"海盗文化"。中国"水牛文化"教人为善，勤恳听话；头上有角，却仅作装饰；身上有毛，却不长刺，为了生活而活着；长于形象思维，但缺乏创造力和冒险精神。欧洲"家猫文化"崇尚科学与民主，富有人道思想，善于逻辑思维；不乏创造力、攻击力与人道思想，却只追求"吃喝玩乐"，缺少生活目标和理想。美国"海盗文化"具备探险精神、创新精神；有小义或假义（觉得对方有用才会去帮），无大德；对内虽实行民主，对外可实行霸权、扩张、掠夺。我们要取各家文化之精华，去其糟粕；只有这样，才能傲然自立于世界。

文化决定态度，态度决定性格，性格决定行为，而行为决定结果，故文化就是人的软件，文化决定人所选的道路。伟人之所以成为伟人，是因为其精神伟大。造子成龙，这里所说的"龙"不一定具备最高的学历，但不能没有最好的文化。要想打造最好的"龙"，并为他（她）植入最好的软件，不妨从正确认识我们所处的客观世界开始。

第一节 新三界论

精点导航

新三界定义：

艺界（灵气突出）：艺人、科学家、大师；以灵为本，有想象力、创造力。

真人界（阳气突出）：凡人或常人、君子、圣人；以德为尊，以正常工作和生活为主。

谋人界（阴气突出）：商人、政治家，军事家；以利相通，以谋为手段。

新三界分为艺界、真人界和谋人界：其中，艺界可划分为艺人、科学家、大师三个等级；真人界可划分为凡人或常人、君子、圣人三个等级；谋人界可划分为商人、政治家、军事家三个等级。

一、艺界

何谓艺界？艺界为何又被称为仙界呢？因艺界靠灵气，以灵为本，有灵则创，我们把这种灵气也叫做"仙气"，是达到一个真正全才的条件；即有修养、有魅力、有气质，能形成一种气场。艺界中根据每个人潜能的不同，划分为艺人、科学家、大师三个等级。

艺界必须具备无与伦比的想象力、创造力和天赋。满足主观与情感的需求，其根本在于不断创造新兴之美，借此宣泄内心的欲望与情绪，属于浓缩化和夸张化的生活，且对所从事事业每个细节精益求精。

🌸 艺人

　　艺人是指致力于音乐、舞蹈、戏剧、电影等方面表达美的行为或艺术，具有较高的审美能力和娴熟的创造技巧，并从事艺术创作劳动而有一定成就的艺术工作者。既包括在艺术领域里以艺术创作作为自己专门职业的人，也包括在自己职业之外从事艺术创作的人。属于源于自然，发于心灵的艺术作品创作者。同时也指各行各业那些具有灵气的能工巧匠。这样的人很多，诸如歌星、影星，更多的则还不为人知。

🌸 科学家

　　科学家是指致力于真实自然及其相关现象统一性的数字化重现与认识，专门从事科学研究的人士，包括自然科学家和社会科学家这两大类。所有自然科学和社会科学的研究人员，达到了一定的造诣，获得了有关部门和行业内的认可，均可以称之为科学家。按照这样的说法，无论是数学家、物理学家和化学家，还是哲学家、文学家和思想家，都应当属于科学家的分类。凡可以称之为科学家的都是一些成功人士。如：中国的数学家陈景润、舞蹈家陈爱莲、作曲家闫肃、名导演张艺谋等。

 事例

　　张艺谋，北京奥运会开幕式总导演，他以执导充满浓浓中国乡土情味的电影著称，艺术特点是细节的逼真和主题的浪漫互相映照，是中国大陆第五代导演的代表人物之一。

　　张艺谋在小学四年级以前，曾经有两个爱好：一是爱画画儿，二是爱看小说，尤其喜欢看的是民间故事和名著。如《红楼梦》、《水浒传》、《三国演义》等，张艺谋在小学和中学阶段就已经把这些书看完了。张艺谋能静心听课，是个很专心的人，很爱学习。所以，尽管他放学后老看小说，学习成绩还是很好。张艺谋的母亲说："他每学期都有个三好学生证拿回来，我没给他保留，也从来没有贴在墙上，因为我感觉他就应该这样。你可能觉得我对孩子教育得不够，但艺谋到现在也不自负，我从来都没有培养他高人一等的感觉。"也许就是童年的经历和父母的启蒙教育，铸就了张艺谋今日的成功。

❀ 大师

大师是指在某一领域有突出成就、并且在其他领域亦有相当成就的人，也是大家公认并且德高望重的人。重要在于在其他方面亦有相当成就，不限于某一方面，集智慧与潜能将灵性发挥到最高点。就"大师"来说，譬如英国物理学家牛顿、波兰天文学家哥白尼，以及居里夫人、爱因斯坦、莎士比亚、托尔斯泰，以及国内的王国维、陈寅恪、鲁迅、钱钟书、梁漱溟、冯友兰、梁启超、赵元任、齐白石、梅兰芳、侯宝林、袁隆平等。

事例

侯宝林（1917年11月29日-1993年2月4日），中国相声第六代演员，满族，天津人，先学京剧，后改说相声。1940年起，与郭启儒搭档，合演对口相声。侯宝林是极负盛名的表演艺术家，注重相声的理论研究，著有《相声溯源》、《相声艺术论集》等。

侯宝林被尊为相声界具有开创性的一代宗师，不仅如此，还被誉为语言大师。相声在旧社会本是难登大雅之堂的一种曲艺形式，而在他漫长的60年的艺术生涯中，就是以他的"仙气"潜心研究并发展相声艺术，把欢笑带给观众。以他为代表的一批相声艺术家使这门艺术真正走进千家万户，达到一个令人瞩目的艺术高峰。他为相声事业倾注了毕生精力，除创作和表演了大量脍炙人口的相声名段以外，还对相声和曲艺的源流、规律和艺术技巧进行了理论研究。

袁隆平，中国工程院院士，中国杂交水稻育种专家，被誉为"杂交水稻之父"，2006年4月当选美国科学院外籍院士。现任中国国家杂交水稻工作技术中心主任暨湖南杂交水稻研究中心主任、湖南农业大学教授、中国农业大学客座教授、怀化职业技术学院名誉院长、联合国粮农组织首席顾问、世界华人健康饮食协会荣誉主席、湖南省科协副主席和湖南省政协副主席。1930年9月1日生于北平（今北京），江西省德安县人。他的成功可谓一波三折，曾在湘西偏远山区教书，后从事杂交水稻研究也是历尽挫折和坎坷，直至1998年月工资才1600元。袁隆平赞成这样一个公式：知识＋汗水＋灵感＋机遇＝成功。这里所谓的"灵感"，就是所具有的"仙气"。

二、真人界

何谓真人界？只因人界在德靠德，以德为尊，以工作和生活为主。近圣人学人气（也称阳气），有悟才修真气。真人界划分为三个层次：凡人或常人、君子、圣人。

❀ 凡人或常人

凡人的定义可以从如下几方面进行理解：

（1）庸俗的人；低俗的人。《荀子·儒效》："不学问，无正义，以富利为隆，是俗人者也。"《后汉书·张衡传》："（衡）常从容淡静，不好交接俗人。"《红楼梦》第三十二回:"宝玉道:'罢!罢!我也不过俗中又俗的一个俗人罢了,并不愿和这些人来往。'"鲁迅《南腔北调集·论翻印木刻》:"中国的雅俗之分就在此:雅人往往说不出他以为好的画的内容来,俗人却非问内容不可。"

(2)一般人,普通人;百姓,民众。《老子》:"俗人昭昭,我独昏昏;俗人察察,我独闷闷。"北魏郦道元《水经注·瓠子河》:"时水又西迳东高苑城中而西注也,俗人谓令侧城南注。"

佛教、道教指未出家的世俗之人,与出家人相对。晋法显《佛国记》:"诸国俗人及沙门尽行天竺法,但有精粗。"宋洪迈《夷坚甲志·僧为人女》:"汝为方外人,而受俗人养视,如此惓惓,有欲报之意,以我法观之,他生必为董氏子矣。"鲁迅《华盖集·题记》:"在和尚是好运……但俗人可不行,华盖在上,就要给罩住了,只好碰钉子。"

(3)我们所理解的俗人即为普通人,追求简单的工作和生活的人。

❀ 君子

君子的定义可以从如下几方面进行理解:

(1)对统治者和贵族男子的通称。常与"小人"或"野人"对举。

《诗·魏风·伐檀》:"彼君子兮,不素餐兮!"《孟子·滕文公上》:"无君子莫治野人,无野人莫养君子。"《淮南子·说林训》:"农夫劳而君子养焉。"高诱注:"君子,国君。"

(2)泛指才德出众的人。

《易·乾》:"九三,君子终日乾乾。"汉班固《白虎通·号》:"或称君子何?道德之称也。君之为言群也;子者丈夫之通称也。"宋王安石《君子斋记》:"故天下之有德,通谓之君子。"明王铎《太子少保兵部尚书节寰袁公(袁可立)神道碑》:"时神庙方静摄,章奏不报,极言君子小人之辨,总揆嫉之。"清方文《石桥怀与治》诗:

"昔年居南村，卜邻近君子。" 洪深 《少奶奶的扇子》第四幕："我想世界上的人，也不能就分做两群：说这群是好，那群是坏；这群君子，那群小人。"

我们所理解的君子，追求是非分明，权重者不媚之，势盛者不附之，倾城者不奉之，貌恶者不讳之，强者不畏之，弱者不欺之，从善者友之，好恶者弃之，长者尊之，此乃为人之本。如包公、魏征等。

✿ 圣人

据中国传统文化的定义，严格来说，所谓"圣人"是指勤于思考、善于总结、知行完备、至善之人，是有限世界中的无限存在。总的来说，"才德全尽谓之圣人"。这个词语最初出于儒家对"止于至善"的人格追求，所以"圣人"的原意，是专门指向儒家的。但后来的诸子百家，乃至古今各种宗教、学派，也都有自己认定的圣人，但儒家认定的尧、舜、禹等圣人均得到诸子百家的公认。其实将儒家和诸子百家对圣人的理解汇总起来，也就是圣人的真容了，因为并没有矛盾，不过儒学强调的是整体，诸子百家强调的是某个特征。

圣人的代表在孔子以前，按照传统文化的定义理解，基于"圣人"一词原始的儒学立场，中国古典中记载的、著名的、比较受认可的圣人主要有：伏羲、黄帝、炎帝、颛顼、帝喾、尧、皋陶、舜、禹、伊尹、傅说、商汤、伯夷、周文王、周武王、周公、柳下惠……

孔子以后，中国文化就没有公认的严格意义上的圣人了。但还有许多专业领域的精英被后人尊称为"某圣"，犹如今人呼为"股神"之类，但这些世俗之圣都已经与"圣人"的本义无关了。

我们所理解的圣人，必须达到自身的品德与宇宙的法则融为一体，智慧变通而没有固定的方式。对宇宙万物的起源和终结已经彻底参透。把天道拓展入自己的性情，内心光明如日月，却如神明般在冥冥之中化育众生，达到这种境界的人才是圣人。

事例

孔子（前 551 年—前 479 年），姓孔，名丘，字仲尼，春秋时期鲁国人，伟大的思想家、教育家，儒家学派创始人。据有关记载，孔子出生于鲁国陬邑昌平乡（今山东省曲阜市东南的南辛镇鲁源村）；孔子逝世时，享年 73 岁，葬于曲阜城北泗水之上，即今日孔林所在地。孔子的言行思想主要载于语录体散文集《论语》及《史记•孔子世家》。

孔子对后世影响深远，虽说他"述而不作"，但他在世时已被誉为"天纵之圣"、"天之木铎"、"千古圣人"，是当时最博学者之一。后世尊称他为"至圣"（圣人之中的圣人）、"万世师表"，认为他曾修《诗》、《书》，定《礼》、《乐》，序《周易》（称《易经》十翼，或称易传）。《论语》是儒家学派的经典著作之一，由孔子的弟子及其再传弟子编撰而成。它以语录体和对话文体为主，记录了孔子及其弟子言行，集中体现了孔子的政治主张、伦理思想、道德观念及教育原则等，与《大学》、《中庸》、《孟子》并称为"四书"。

美国诗人、哲学家爱默生认为"孔子是全世界各民族的光荣"。1988 年，75 位诺贝尔奖的获得者在巴黎集会，会议结束后发表联合宣言，呼吁全世界："人类如果要在 21 世纪生存下去，就必须回首 2500 年前，去孔子那里汲取智慧。"

三、谋人界

谋人界在利，以谋为手段，以利为本，有利则通；分为商人、政治家、军事家。具体表现为，在商言商，商人谋利以利为准，以利为本；

从政言政，政客谋权；在军从军，军士谋命；皆靠谋略或手段为生。

谋界的基本状况是，善谋者不好德，善德者不好谋（注：不好德或不好谋只是量的关系，不是指无德或无谋）；成大事者不拘小节，细微者难成大事。

❀ 中国古代军事家

中国出色的军事家实在太多了。这里本着下述原则选出了有代表性的十个军事家。

（1）每个人都能代表一个时代，在同时期的军事家中，他们都是最出色的，不同时期的人物则通过他们的事迹和统帅的特点相比较；

（2）每个统帅都有自己鲜明的特点；

（3）按春秋、战国、秦汉、三国两晋南北朝、隋唐五代、宋辽金西夏、元、明、清几个时期进行选择。

⚔ 事例

孙武，伟大的军事理论家。春秋时期最优秀的统帅无疑是孙武，即使在世界上，他也是最伟大的军事理论家，我们说，只要《孙子兵法》存在，世界上一切伟大的兵书都只能是第二流的。《孙子兵法》是无与伦比的。孙武同样也擅长指挥，"柏举之战"就是中国战争史上灵活用兵、以少胜多的典型战役。

白起，最善于野战围歼。白起征战沙场达37年之久，战胜攻取者七十余城，歼敌百万，未尝败绩。史学家司马迁称赞白起"料敌合变，出奇无穷，声震天下。"白起用兵，善于分析敌我形势，然后采取正确的战略方针对敌人发起进攻。白起最突出的军事思想是善于野战进攻，战必求歼，以消灭敌人的有生力量为主，他是战争史上运用围歼战术作战的无与伦比的统帅，是中国战争史上三个最善于打歼灭战的军事统帅之一（另外两人是成吉思汗和当代的粟裕大将）。白起能够在二千多年前便主张打歼灭战，这是非常难得的。其指挥的长平之战，是中国历史上最早、规模最大、最彻底的围歼战。其规模之大、战果之辉煌，在世界战争史上也是罕见的。

韩信，最善于灵活用兵，以少胜多。他是中国战争史上最善于灵活用兵的将领，其指挥的井陉之战、潍水之战都是战争史上的杰作。此外，韩信还为后人留下了大量的军事典故：明修栈道、暗渡陈仓，背水为营，半渡而击，四面楚歌，十面埋伏等。其用兵之道，为历代兵家所推崇。作为军事家，韩信是继孙武、白起之后，最为卓越的将领。孙武长于理论，白起长于野战，韩信则长于灵活用兵。作为战略家，他在拜将时的言论，成为汉取得楚汉战争胜利的根本方略。作为统帅，他一人之下，万人之上，率军出陈仓、定三秦、破代、灭赵、降燕、伐齐，直至垓下全歼楚军，无一败绩，天下莫敢与之相争。作为军事理论家，他与张良整兵书，并著有兵法三篇。韩信的缺点不是在军事上，而是在政治上，韩信在政治上犯有严重的失误，几次关键时刻都优柔寡断，最终死于妇人之手，后人评价韩信"成败一萧何，生死两妇人"，实无虚言。

曹操，最善于纳谏。三国时期最杰出的军事家当属曹操，诸葛亮和司马懿等都逊于曹操。曹操一生打了许多败仗，在这十个人中，他败得最惨，所以对他的入选会有争议。但曹操的统帅特点也非常鲜明，他是中国战争史上最听话的统帅；这里的听话不是任人摆布，而是善于、敢于听取部下的正确建议，这也是曹操手下谋士众多的原因。像第一谋士荀彧，被曹操称为"吾之子房"；此外还有郭嘉、程昱、贾诩、司马懿、荀攸、许攸等。曹操的谋士之多，在中国历史上找不出第二人，而曹操对他们的计谋也言听计从。在统一北方战争中，曹操深谋远虑，善纳良策；利用汉室名义，争取民心，征抚兼施；重视战略基地建设，实行屯田，发展经济，减轻民赋，安定社会秩序；治军严整，赏罚分明；善任将吏，兼收并蓄；用兵灵活，力争主动；面临危局，临阵若定；善于捕捉战机，抓住作战关键，出奇制敌，终于取得内线作战和战略性决战的胜利。特别是官渡之战，集中体现了曹操卓越的用兵谋略和指挥才能。

李世民，最善于后发制人，疲敌制胜。李世民不仅是卓越的政治家，而且还是卓越的军事家、战略家，对历史了解不多的人，只知道贞观之治、敢于纳谏和以史为镜这些，很少知道李世民还是个军事家。毛泽东在评价中国帝王时，说李世民是中国帝王中最善于用兵的。李世民最鲜明的统帅特点是后发制人，疲敌制胜，这在中国古代的军事家中也是最突出的。他在统一战争中迫降薛仁杲的浅水原之战，消灭刘武周的柏壁之战，一举击灭王世充、窦建德两大集团的洛阳之战、虎牢之战，击败刘黑闼的洺水之战，这几个战略决战都是后发制人，疲敌制胜的典型战例。六个主要集团，李世民就消灭了四个。李世民不仅善于疲敌制胜，而且敢于坚持自己正确的看法，在统一战争中，李世民多次拒绝了部将错误的建议。如浅水原之战拒绝了窦轨的建议，率兵追击，最终大胜。柏壁之战中先后两次拒绝了诸将出战的请求，在追击过程中，又拒绝了刘弘基提出的待后续部队和粮草到来之后再行决战的建议，继续追击，终于大获全胜。洛阳、虎牢之战中又拒绝了刘弘基、李渊撤兵的建议，力排众议，并派人说服了李渊，对战役的胜利起了重要作用。这与其善于纳谏形成了鲜明的对比。此外，李世民还胆量过人，智谋超群。在五陇阪之战和泾阳之战中，都是用计谋智胜突厥军的。李世民即位后，采取了开明的民族政策，涌现出一大批著名的少数民族将领，被各民族尊称为"天可汗"。

李光弼，最善于防御。李光弼是与安史之乱联系在一起的，但一提安史之乱，人们首先想到的不是李光弼，而是郭子仪，是李光弼不比郭子仪吗？其实郭子仪是不如李光弼的，其中的原因与二人的性格有关。二人同为唐代中兴名将，唐朝之所以能再续百余年，在某种意义上说，全靠此二人，史书上说李光弼"战功推为中兴第一"，这一点都不假。郭子仪治军宽，做人圆滑，从不得罪人。而李光弼则个性较强，治军严肃，手下畏惧，经常得罪人。这就造成了一个风光、一个寂寞的局面。李光弼的统帅特点也非常鲜明：他是世界战争史上最善于防御的统帅，这毫不夸张。他指挥的太原之战，是古代城邑保卫战中以少胜多、以弱制强的一个典型战例，在中国战争史上占有重要地位。李光弼智谋超群，在作战中采用顽强坚守与不断寻机出击相结合的战法，灵活运用地道、石砲等守城战术和技术，出奇制胜，以不足万人的兵力一举歼敌10万余人。此外，像常山之战、九门之战、嘉山之战、河阳之战等，都是著名的防御战。常山之战、河阳之战更是令人拍案叫绝的战役。唐军九节度使围邺，大败，唯李光弼与王思礼全军而还。李光弼在邙山之战中，也有过失败，但失败的原因并不在于李光弼，唐肃宗重用宦官监军，对他们言听计从，在决战时机尚未成熟时强令决战，仆固怀恩又挟私报复，违抗军令，因而导致了邙山之败。

岳飞，最为全面的统帅。在宋辽金西夏这一时期中，岳飞是最出色的统帅，一般人只知道岳飞是个英雄（在这里要郑重地说一下，岳飞并不是民族英雄，因为民族英雄是指在与外国侵略者的斗争中而做出贡献的人，而金国是中国版图的一部分，说岳飞是民族英雄，就等于把金国当成了一个国家，而不是一个朝代。不但岳飞不是民族英雄，像卫青、霍去病、史可法、文天祥、袁崇焕这些人都不是民族英雄，只有戚继光、俞大猷、郑成功、关天培这些将领才是民族英雄），并不知道岳飞的军事才能。但对军事有一定了解的人便会知道，岳飞是古代名将中最为全面的。他善于野战、城邑攻坚战、山地攻坚战、防御战、水战、以步制骑等。名将宗泽称其："勇智才艺，古良将不能过。"岳飞不但在战术上善于指挥，而且在战略上更为突出，当时南宋对金国采取的是防御战略，唯岳飞不受当时战略思想束缚，主张进攻战略，并组织多次成功的反击作战。所以这一时期的将领在战略、战术上都没有人能够达到岳飞的成就。

成吉思汗，原名孛儿只斤·铁木真，蒙古帝国可汗，汗号"成吉思汗"。世界史上杰出的政治家、军事家。1271年元朝建立后，忽必烈追尊成吉思汗为元朝皇帝，庙号太祖，谥号法天启运圣武皇帝。在位期间多次发动对外征服战争，征服地域西达西亚、中欧的黑海海滨。

朱元璋，最卓越战略家。朱元璋和李世民一样，其军事才能鲜为人知，但他的军事才能却和李世民一样出色，毛泽东认为朱元璋的军事才能在帝王中仅次于李世民。朱元璋在两淮之战，明灭元之战，明攻山东之战，明攻河北、大都之战，明攻闽广之战，明灭夏之战，明攻云南之战以及北征沙漠之战中，都亲自制定作战方针，而最终的战争进程和朱元璋所预料的完全一致，每言必中，堪称用兵如神，其驾驭战争的能力也堪称无与伦比。

努尔哈赤，姓爱新觉罗，女真人。清王朝的奠基者，通汉语，喜读《三国演义》，二十五岁时，在祖居之地起兵统一女真各部，平定中国东北部，并屡次打败明朝军队，明神宗万历四十四年，建立后金，割据辽东，建元天命。萨尔浒之役后，迁都沈阳。次年于宁远城之役被明将袁崇焕炮石击伤，忧愤而死。清朝建立后，尊为清太祖。

中国古代政治家

中国出色的政治家委实很多。这里所说的政治家，并不指君王，只是就其在中国历史上的政治影响力，选出了有代表性的六个。

事例

管仲，名夷吾，字仲，又称管敬仲。周王同族姬姓之后，生于颍上（颍水之滨）。春秋时期杰出的政治家、著名的军事家、军事改革家，以其卓越的谋略辅佐齐桓公成为春秋时第一个霸主。管仲的言论见《国语·齐语》。另有《管子》一书传世。《史记·管晏列传》曾引用了管仲的一段自白，表现了他不拘小节而胸怀大志、以功名显天下为荣的人生理想。管仲不仅对自己这样要求，对待别人也是不计较小节，而重志向。《管子·小匡》记载齐桓公与管仲的一段对话，就很说明问题。从这段对话中可以看出，管仲明确指出了何为大节，何为小节，以及他重大节不拘小节的思想。

商鞅，卫国（今河南安阳市内黄梁庄镇一带）人，战国时期政治家、思想家，著名法家代表人物。卫国国君的后裔，公孙氏，故称为卫鞅，又称公孙鞅，后封于商，后人称之商鞅。应秦孝公求贤令入秦，说服秦孝公变法图强。孝公死后，被贵族诬害，车裂而死。在位执政十九年，秦国大治，史称商鞅变法。

诸葛亮，字孔明。琅琊阳都人，三国时期杰出的政治家、战略家、外交家、军事家、发明家、科学家。诸葛亮热情地倡导"立大志"、"修人品"，强调"志当存高远"、"恢弘志士之气"；告诫青年要力戒"碌碌滞于俗，默默束于情，永窜伏于凡庸"，玩物丧志，无所作为。他自己正是实践这样的人生要求。他忠于他的事业，没有个人权力野心，为实现统一大业，他呕尽心血，兢兢业业，鞠躬尽瘁，死而后已。

王猛，字景略。晋北海（今山东省寿光县东南）人。王猛英俊魁伟，为人谨严庄重，深沉刚毅，气度弘远，对琐细之事漠不关心，更不屑于与俗人打交道，因而时常遭到浅薄浮华子弟的轻视和耻笑。王猛却悠然自得，从不计较，隐居华阴山。前秦将军符坚有大志，久闻王猛的名声，派吕婆楼前去恳请王猛出山。双方一见如故，谈及兴废大事，句句投机，符坚把他比作诸葛亮。东晋升平元年（357），符坚自立为大秦天王，王猛则被任命为中书侍郎。王猛治绩卓著，很快升为尚书左丞、咸阳内史、京兆尹。他刚调任京兆尹，听说符坚的妻弟强德酗酒行凶，劫人财产，抢男霸女，为百姓大患，王猛毫不畏惧，立即将他捕杀，陈尸于市。王猛又与御史中丞邓羌通力合作，严厉查处害民乱政的官吏，一个多月里就收治了二十多个横行不法的权贵。于是，百官震肃，奸猾屏气，令行禁止。符坚感慨地叹道："直到今天，朕才知道天下是有法的，天子是尊贵的！" 时年36岁的王猛在一年之中竟然接连五次升官，从尚书左丞到吏部尚书，再升为尚书左仆射、辅国将军、司隶校尉，一时权倾内外。当年，曾有"关中良相唯王猛，天下苍生望谢安"这样的赞誉。

王安石，字介甫，晚号半山，小字獾郎。抚州临川人（今抚州邓家巷）。封荆国公，世人又称王荆公，世称临川先生。北宋杰出的政治家、思想家、文学家、改革家，唐宋古文八大家之一，死后谥号"文"。从熙宁三年起，两度任同中书门下平章事，推行新法。熙宁九年罢相后，隐居，病死于江宁（今江苏南京市）钟山。曾被列宁誉为"十一世纪中国最伟大改革家"。

张居正，字叔大，少名白圭，号太岳，谥号"文忠"。湖广江陵（今属湖北）人，又称张江陵。明代政治家、改革家。史上最优秀的首辅、最好的政治家。在中国封建社会中并不乏有起自平民而荣登宝座的皇帝，刘邦、朱元璋都以开国君主享誉青史，但却少有出身寒微而力挽狂澜的宰相，张居正就是罕见的一位。他从秀才、举人、进士，官至内阁大学士，从平民中崛起，在明朝万历初年当了十年首辅，协助十岁的小皇帝，推行改革，把衰败、混乱的明王朝，治理得国富民安，人们赞扬他是"起衰振隳"

的"救时宰相"。"救时"，是很高的称誉，这不仅表明他在王朝颓败之际是一位临危变制的大政治家，更以威振一世的非常举措彪炳史册。他的赫赫功绩，堪与商鞅、王安石并立为我国封建社会初期、中期与后期最具盛名的三大改革家。

❀ 商人

商人，古已有之，叫做"商贾（gǔ）"。《周礼·天官·太宰》："六曰商贾，阜通货贿。"郑玄注："行曰商，处曰贾。"《商君书·垦令》："商贾少，则上不费粟。"唐朝韩愈《论今年权停选举状》："今年虽旱，去岁大丰，商贾之家，必有储蓄。"明朝赵振元《为袁氏祭袁石（袁可立子）宪副》："简书眷为长城，哀江南之商贾。魂落瞿唐，梦摇滟滪。"

✗ 事例

范蠡，商贾的鼻祖。范蠡，原为楚国人，出仕越国为大夫。吴越夫椒之战，越国大败。范蠡献计越王，卑身厚赂求和。归国后，协助越王励精图治，终于灭掉吴国。他认为勾践只可共患难，不可同安乐，便功成身退，辞官归隐，带着大美人西施到齐国。他善于经营，资产至千万。后移居定陶，号陶朱公。有人说他与西施驾扁舟入五湖隐居。至今，在太湖边上还流传着"种竹养鱼千倍利，感谢西施和范蠡"的民谣。

吕不韦，最有远见、最成功的商贾。《史记》称他为"阳翟大贾"，因"贩贱卖贵"而"家累千金"。秦昭王末年，昭王以安国君为太子，安国君立爱姬华阳夫人为正夫人。王孙子楚为秦质子居于赵。吕不韦在邯郸见到子楚，以为"奇货可居"，便将自己的爱姬送给他，并劝说子楚结交华阳夫人，努力成为安国君的继承者。他资助子楚千金，又以珍宝献与华阳夫人。子楚终被立为嫡嗣。昭王卒，安国君立，是为孝文王，一年后卒，子楚立，是为秦庄襄王。庄襄王以吕不韦为丞相，封文信侯，食河南洛阳十万户。后秦王政尊其为相邦，号称仲父。据传，秦始皇乃是他的私生子。

子贡，名赐，字子贡，春秋末卫国人，孔子的著名弟子，"孔门十哲"之一。孔子是很看不起商贾的。但子贡在成为孔子弟子前就经商于曹、鲁之间，富至千金。《韩诗外传》记载："子贡，卫之贾人也。"他思路敏捷，理解力强，《论语》中记述孔子与弟子答问，以他为最多。孔子去世后，子贡为孔子守墓六年。后世一般认为，孔子之所以名传天下，完全得力于子贡的宣扬。

范蠡是政治家，后来经商，成为赫赫有名的大商贾；吕不韦是大商贾，后来从政，成为有名的政治家；子贡也算是一个大商贾，后来求学于孔子，再后来成为孔子学说的传播者及教育家。可见，政治家、商人和学者是有着密切关系的，这也就成了中国商界的一大特色。

❀ 现代商人

时至今天，有一片海：没有巨浪狂涛，却一样惊心动魄，那就是商海。有一种人不是功勋盖世，却一样卓有成就那就是商人。

在商言商，商场如战场，要生存和发展，就要赢得胜利。譬如西汉时期霍去病，无论方式如何简捷，无论是否按照常规出牌，目标就是打胜仗。

几千年文化积淀，几十年苦修勤学，一种品格已经浸入他们的骨髓，融入他们的血液，一种被认为是商人的气质的东西，在人之精神领域一帜崛起。

商人的气质拥有独特的魅力，其不在于一团和气，也不在于一掷千金，更不在于三杯吐然诺的激情。

商人目光敏锐，果敢刚毅，藐视旧有观念，打破传统惯例，富于离经判道和特立独行之精神，善于从庸常平凡熟视无睹中发现生意的空当。一旦目标确定便一往无前，雷历风行，不会优柔寡断。他们也会马失前蹄，在生意失败、决策失误时，从不怨天尤人，拒绝就此沉沦；而是卧薪尝胆，重磨利剑，时机成熟便会东山再起，重铸辉煌。警惕创业与发展壮大后的迟钝麻木和疲惫衰退。于是功成名就后也不沾沾自喜、飞扬跋扈，而是内省自敛，以求保有持续的活力和竞争力。

真正的商人像山一样沉默、淳朴、刚正不阿，像水一样宽容、谦逊、百折不回，像火一样热烈、灵动、激情不休。山的风骨，水的气质，火的品格，这就是谋界的特点。

总之，谋界中无论军事家、政治家还是商人，多背着六亲不认的恶名。他们沉默不语，深知人生的变化无常，熟知战场、官场乃至商场的运行法则，偶尔玩玩无伤大雅的小花招，偶尔硬着心肠重利轻别离。

保持一种不变的气质，自信但不自大，精明但不奸猾，趋利避害，拥有激情，却理智长存。

四、小三界之间的关系

有的人天生属于真人界，真人界在德，以德为尊，真人界的最高境界就是圣人。有的人天生具有"灵气"，属于艺界，艺界在灵，以灵为圣，艺界的最高境界就是大师。有的人"阴气"与生俱来，属于谋人界，谋人界在利，有利则通，谋人界的最高境界就是军事家——因为军事家最典型的特征就是具有攻击力、摧毁力和管理能量。这三界各自的最高境界无高低之分，只有类型不同。三界的互相转化关系为：真人界之人可以打造成圣人，但成艺高谋皆较难；艺和谋可互为转化，艺界之人可以打造成大师，也可以成为谋人；谋界之人可以打造成政治家或军事家，也可以打造成艺人，但难以打造成真人，因为根性不一样，表现不同。有谋之人可以管真人，真人可以管艺人，艺人则谁也管不了；但艺人可以创造工具，供人界和谋界使用，因此谋界也需要艺人。

三界之间也可互为补充，即以人为本，以谋为用，以灵气拓新；阴气与权力及财富成正比。

詹博士大儿子马休与小儿子科莱蒙在玩"攻城堡"游戏

第二节 新人类论

精点导航

"五元论"：智商、志向、阳气（品德）、灵气（创造力）、阴气（谋略）。

"新人类论"：以受教育程度和综合气质为标准进行分类，原态人、普通人、智人、高级智人、超人、龙王。

"新机器人论"：简单型机器人、感知反馈型机器人、智能机器人或似人机器人、机器真人、机器超人、机王。

古往今来，每个做家长的都望子成龙。新世纪的"龙"，应是德如孔子，智如爱因斯坦，慧如诸葛亮，谋如曹操。中华民族需要英雄，但不是一两个比尔·盖茨或巴菲特那样的英雄，而是成千上万个英雄。世人大都渴望成为这样的英雄，但这样的英雄可望也可及吗？到底是天生的还是打造出来的？人们一般认为，英雄是天生的。我则说，只要孩子具备一定天分，还是可以打造的。然而，采用普通的教育方法又是不可能生产出来的。

人到底是否有"命运"一说？众说纷纭。其实命运是有的，但不是上帝或佛祖操纵的，而是父母掌控的。父母就是决定孩子命运的"上帝"。

我们认为，缺乏思维科学的研究，缺乏创造力、攻击力是中国人品质中固有的缺点。中国人的思维模式是一种感性思维，感性强，理性弱，属于形象思维。虽然先秦时期也产生过理性的萌芽和趋向，即以墨子为代表的形式逻辑观点和《易经》、《道德经》的辩证观点，但终究在历史长河中湮灭了。而西方在古希腊产生理性之光开始，尽管在中世纪受到宗教思想的禁锢，却始终没有放弃对哲学和思维科学的研究，继续向着理性的方向发展。因此才造成中国人进步缓慢，直到造成被西方列强的火炮轰开国门，历史上长期被外族欺侮的现实。所以我们要从小锻炼孩子不仅具有创造力，还要具有攻击力和防御力。

古今中外几千年历史证明，孩子3岁看大，7岁看老，这绝对有科学依据，只是从未有人能意识到其中的道理罢了。一个人的智商在3岁前就基本形成，以后不会有太大改变；而性格、气度及价值取向在7岁前就决定了大部分，以后也很难改变。大多数父母却往往忽略了孩子这段最重要的时光，或不知应从哪里下手。我们向您提供的一种崭新的教育理念是：自然界的"三界"与人的三种气质的存在，人的一切来源于他的气质；因此必须顺应这一客观规律，根据五元论来打造超级人才。

"五元论"：即智商、志向、阳气（即品质道德）、灵气（即创造力）、阴气（即谋略），皆因再大能力不外乎这五大元素。如汽车有发动机、车身、轮胎，关键部位则是控制系统。

而这所谓"五元"人才（智商、志向、阳气、灵气、阴气），又恰恰不是养出来的，而是可以造出来的；只有把人当作机器那样设计打造，才能生产出这样的超级人才。

既然"成龙"是可以实现的，那么又如何造这样的"龙"呢？

詹博士在法国奥尔良大学攻读博士时照片

一、新人类及其榜样

❀ "新人类论"：

第一级："原态人"，从出生直至成年，基本未受过教育；

第二级："普通人"，也叫凡人或常人，受过高中以下教育，无专业才能；

第三级："智人"，受过高等教育，有一定的创造力和灵性，对事业具有一定的执行力和忠诚度；

第四级："高级智人"，受过高等系统教育，具有较高的智慧，具备较高的执行力；

第五级："超人"，除高级智人所具备的基本条件外，还要具有刘备之德、诸葛亮之慧、曹操之谋；

第六级："龙王"，不仅具备超人的要素，还要具备爱因斯坦的智商和秦始皇的大志。

"龙王"不仅具备各种能力，还要具备各种气质。具体体现在：

（1）无论哪种气质，都要量身打造，不是一味地笼统地涉及，而是从个性出发，有针对性地培养。

（2）气的使用，不是越多越好，而是要恰当；在商言商，在人做人，偏废或偏激都会走向极端。

（3）要致力于实现利益的最大化，因此要有正确的判断决策。

（4）清楚什么时候应该做什么事，不能不从实际出发；过分注重情感不能做出理智决策，成功就是该动感情时动了感情，失败就是不该动感情时动了感情。

事例

　　爱因斯坦是德裔美国物理学家（拥有瑞士国籍），思想家及哲学家，犹太人，现代物理学的开创者和奠基人，相对论——"质能关系"的提出者，"决定论量子力学诠释"的捍卫者（振动的粒子）——不掷骰子的上帝。1999年12月26日，爱因斯坦被美国《时代周刊》评选为"世纪伟人"。

　　爱因斯坦全名为阿尔伯特·爱因斯坦，1900年毕业于苏黎世联邦理工学院，入瑞士国籍。1905年获苏黎世大学哲学博士学位。曾在伯尔尼专利局任职，在苏黎世工业大学、布拉格德意志大学担任大学教授。1913年返德国，任柏林威廉皇帝物理研究所所长和柏林洪堡大学教授，并当选为普鲁士科学院院士。1933年因受纳粹政权迫害，迁居美国，任普林斯顿高级研究所教授，从事理论物理研究，1940年入美国国籍。

　　有一句熟悉的格言是："任何事都是相对的。"但爱因斯坦的理论不是这一哲学式陈词滥调的重复，而是一种精确的用数学表述的方法。此方法中，科学的度量是相对的。显而易见，对于时间和空间的主观感受依赖于观测者本身。

二、新机器人论

❀ 新机器人分为六代：

　　第一代是"简单型机器人"，是一种没有感知能力的机器人，更像一种精密机器，适合于重复简单的工作。

　　第二代是"感知反馈型机器人"，具有一些对外部信息进行反馈的能力，诸如触觉、视觉等，特别适合完成矿井、海底、高温高压高腐蚀环境下的勘探、操作、科学考察及无人飞机驾驶等任务。

第三代则是"智能机器人"或称"似人机器人"，它不仅外形像人，具备各种感知能力，还拥有类似于人类的判断、处理能力。

第四代："机器真人"，外形与人一样，知识渊博，有智慧，并具备一定灵感和创造力。

第五代："机器超人"，除机器真人的能力外，还具备高级机器的身体和战斗力、飞行力。并能制造和开发新的机器人。

第六代："机王"，具有超人的智商、高级机器的身体、龙王的素质。

詹氏理论的战略意义就在于：未来的人类世界将被机器人统治，谁能快速制造出高水平的机器人，就会在未来世界占有一席之地。

新人类论与新机器人论为未来指明方向：15年后"似人机器人"出现，30年后"真人机器人"出现，50年后"机器超人"出现，100年后"机王"出现。

第三节 新潮流中永远不被淹没的力量

精点导航

"造龙要点"：了解智商、情商、品商、逆商的内涵，培养子女的创造力、品德力、防御力。

父母把子女当做"活宝"，无不怀揣着一颗望子成龙之心。鲁迅先生说"真正的爱就是全副精神养成他们的耐劳作的精力，纯洁高尚的道德，广阔自由能容纳新潮流的精神，也就是说在新潮流中永远不被淹没的力量"。在"造龙计划"中，父母教育子女时应着重培养他（她）的创造力（即创新）、品德力、防御力，还有 IQ 智商。打造这些能力，将成为新潮流中永远不被淹没的力量。

具体讲，一方面致力于创造力和灵性的培养，再有一方面就是如何培养孩子智商、情商、品商、逆商之间的问题。

一、创造力与灵性

"中国是个保守人类胎儿的酒精瓶。"——法国大作家雨果

"中国人在中华文明未成熟时期所具有的很强的创造力，在现代中国人身上几乎看不到。"——美国传教士马丁

上述评价虽失之偏颇，但亦有一定道理。面对如上犀利的评价，我们应该作何感想呢？

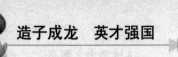

创造力和灵性之间是有联系的。这里的"灵性"指的不是某种宗教信仰，而是人类的精神，我们的根源。拥有它，使我们能够感受到与生命之间的息息相关。拿破仑·希尔把它称为"无穷的智慧"，Deepak Chopra 称之为"纯意识"。拥有创造力即意味着放松身心，进入自己内心的这一境界之中，运用所谓的"无穷的智慧"。这是我们每个人都拥有的天赋，它有待于去发掘。每个人都是拥有才华的生命个体，因为我们都能够汲取相同的无尽之源。从创造力出发，我们拥有的是一片丰裕的土壤，不存在任何束缚。只有当我们从竞争的角度考虑时，限制和短缺才会被考虑进来。

人本身就是一个具有创造性的个体。而且通过实践，能使人变得更加娴熟，或者更深入地理解围绕在身边的创造能量，这种能量，是在任何时候都可以无限汲取的。它是能力的源泉之一。

二、智商、情商、品商与逆商

❀ 智商（IQ）与情商（EQ）

智商即人的智力发展水平，通常用智力商数来表示，英文简称为IQ。智商反映了一个人的反应速度、观察力、记忆力、思维力、想象力和创造力等。

情商，即认识、管理自己情绪和处理人际关系的能力，通常用情绪商数来表示，英文简称为EQ。情商涵盖了一个人的自制力、热情、毅力、自我驱动力等。

智商是前提，情商是保证，两者的关系相辅相成，缺一不可；两者相比，情商比智商更为重要。

情商（EQ）又称情绪智力，是近年来心理学家们提出的与智力和智商相对应的概念。它主要是指人在情绪、情感、意志、耐受挫折等方面的品质。以往认为，一个人能否在一生中取得成就，智力水平是第一重要的，即智商越高，取得成就的可能性就越大。但现在心理学家们普遍认为，情商水平的高低对一个人能否取得成功也有着重大的影响作用，有时其作用甚至要超过智力水平。

心理学家认为，情商包括以下几个方面的内容：一是认识自身的情绪，因为只有认识自己，才能成为自己生活的主宰；二是能妥善管理自己的情绪，即能调控自己；三是自我激励，它能够使人走出生命中的低潮，重新出发；四是认知他人的情绪，这是与他人正常交往，实现顺利沟通的基础；五是人际关系的管理。即领导和管理能力。

情商的水平不像智力水平那样可用测验分数较准确地表示出来，它只能根据个人的综合表现进行判断。心理学家们还认为，情商水平高的人具有如下特点：社交能力强，外向而愉快，不易陷入恐惧或伤感，对事业较投入，为人正直，富于同情心，情感生活较丰富但不逾矩，无论是独处还是与许多人在一起时都能怡然自得。专家们还认为，一个人是否具有较高的情商，和童年时期的教育培养有着密切的关系。因此，培养情商应从小开始。

智商高的人适合从事科学研究；情商高的人适合经商或从政。仔细比较对照一下生活中的人好像是这么回事。

智商决定的是了解事物的能力，是适应事物的能力。一般情况下高智商的人很容易看透事物的本质。智商是能力的必要源泉，一个人的能力要从智商、志向、防卫力、品德力、创造力等方面衡量。

纵观古今，大凡成就一番事业者，不但智商高人一筹，而且情商也超乎寻常。情商不仅影响个人的健康、情感、人际关系等，而且可以让智商发挥更大的效应。著名心理学家戈尔曼认为，在人成功的要素中，智力因素是重要的，但更为重要的是情感因素，前者占20%，后者占80%。明白了这一点，我们就能够冷静地分析古往今来多数学

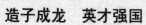

富五车、才高八斗、满腹经纶的经天纬地之才为何会"英雄无用武之地"——或怀才不遇而含恨一生，或自恃才高而怀才不遇，或才艺出众而人生曲折。

✿ 品商（CQ）

品商的培养，即品质教育（Character Education），又称道德品质教育（Moral Character Education），是西方国家中小学传统的道德教育形式，这一德育形式曾在早期非常流行，是当时学校进行道德教育的主要方式。后来随着社会实用主义教育观、柯尔伯格道德认知理论以及价值澄清理论的出现和盛行，品质教育一度被人忽视，而居于次要地位。进入20世纪90年代，品质教育再度引起重视，并获得了社会各界人士的支持，迅速在学校和社会中推广开来。

一个知识不全的人可以用道德去弥补，而一个道德不全的人却难以用知识去弥补。在我国，品质教育也可以追溯到古代。无论是以孔子为代表的儒家思想，还是以老子为代表的道家思想，无不以高尚的道德作为至高境界，主张人既要"利己"也要"利他"。

就目前应试教育的现状来说，虽然也讲品德教育，却将其列入副科，且该课程没有列入升学考试范畴，因此并没有引起各方面足够重视。鉴于如今的社会道德水平状况，以及不断出现高智商低品商大学生犯罪的现实，亟待采取必要措施；因此建议国家教育决策部门，既然在"德智体"全面发展中"德"居于首位，就应该把它也作为主科对待，将其列入考试范畴。

✿ 逆商（AQ）

除了智商、情商、品商外，近年来又流行一个新概念：挫折商（逆商）。IQ、EQ、AQ并称3Q，成为人们获取成功必备的不二法宝。有专家甚至认为，100%的成功＝20%的IQ＋80%的EQ和AQ。

逆商（AQ）来自英文"Adversity Intelligence Quotient"，全称逆境商数，一般被译为"挫折商"或"逆境商"，是美国职业培训师保罗·斯托茨提出的概念。它是指人们面对逆境时的反应方式，即面对挫折、摆脱困境和超越困难的能力。大量资料显示，在市场竞争日趋激烈的今日，大学生创业成功与否，不仅取决于其是否有强烈的创业意识、娴熟的专业技能和卓越的管理才华，而且在更大程度上取决于其面对挫折、摆脱困境和超越困难的能力。因此，高校教育工作者在实施创业教育的过程中，应该把大学生的逆商培养作为着力点。积极进行大学生的逆商培养，使其在逆境面前，形成良好的思维反应方式，增强意志力和摆脱困境的能力，从而提高大学生创业的成功率。

AQ 不只是衡量一个人超越工作挫折的能力，它还是衡量一个人超越任何挫折的能力。同样的打击，AQ 高的人产生的挫折感低，而 AQ 低的人就会产生强烈的挫折感。

心理学家认为，一个人事业成功必须具备高智商、高情商和高挫折商这三个因素。在智商都跟别人相差不大的情况下，挫折商对一个人的事业成功起着决定性的作用。

高 AQ 可以帮助产生一流的成绩、生产力、创造力，可以帮助人们保持健康、活力和愉快的心情。有研究显示，AQ 高的人手术后康复快，销售业绩也远远超过 AQ 低的人，在公司中升迁的速度也快得多。

高 AQ 是可以培养的，并且最好是从小培养，所以现在许多教育机构都在提倡挫折教育。

在挫折商的测验中，一般考察以下四个关键因素——控制(Control)、归属(Ownership)、延伸(Reach)和忍耐(Endurance)，简称为"CORE"。控制指自己对逆境有多大的控制能力；归属是指逆境发生的原因和愿意承担责任、改善后果的情况；延伸是对问题影响工作、生活其他方面的评估；忍耐是指认识到问题的持久性以及它对个人的影响会持续多久。对于当代大学生来说，大量资料显示，在充满逆境的当今世界，事业的成败、人生的成就，不仅取决于人的智商、情商，也在一定程度上取决于人的逆商。

综观当代大学生的实际情况，一方面，从入学起，他们就承受着较大的思想压力，诸如学业上的压力、综合素质的提高、未来就业的不确定感、环境的不适应等。另一方面，大学生正值青春年少，缺乏人生经验，抗挫折能力与调控能力较差。面对困境与重压，容易沉陷在消极的泥潭而不能自拔。例如：一些大学生不能承受学习成绩下降、失恋等带来的身心压力，呈现焦虑、失眠、抑郁、恐惧；个别学生精神崩溃、跳楼自杀……身心的失衡，不仅影响其智能的发挥，而且还会使其潜能的挖掘、综合能力的培养、人格的完备受到抑制。因此，高校积极开展大学生逆商培养的教育活动，促使其在逆境面前形成良好的思维方式、良好的行为反应方式十分必要。综上所述，想成大事者，在才智过人的同时，培养情商、品商和逆商显得非常重要。世人要历练这些基本素质，要有较好的自我抑制力、驱动力。惟有如此，才能顺应时代和潮流，成为有用之才，成为时代的佼佼者。

第二章

造龙准备——宝宝出生之前

人不能选择父母，故七分靠天定，三分靠打拼。但是你若以二十分的诚意，可以换取上帝手中七分的命运。对孩子的培养尤其如此。造龙计划从孩子未出生开始。

——詹博士感悟

一个国家的振兴，一个民族的希望，与其说仅仅取决于执政者的决策，不如说掌控在天下父母的手里—社会的未来必须由新生一代去承当，而天下父母们就肩负着塑造孩子未来的重任。如何养育健康聪明的孩子，是每个父母关注的话题。按照"造龙"计划，打造未来的英雄，使您的孩子不仅聪明、身心健康，而且成为"新人类"中的"超人"或"龙王"；不是仅从孩子出生之后开始，而是从孕前的准备就开始了。其中，营养和胎教的作用是不可估量的；同时，对生产过程的重视也必不可少。

　　实施"造龙计划"，启动"造龙"工程，旨在通过教授更多具有针对性、切实有效的教育方法，针对中国孩子普遍缺乏的创造力、攻击力问题，对孩子成长各阶段进行重点培养。旨在打造出更多的"超人"，使千百万条真正的巨龙腾飞。

　　"造龙计划"的第一步，就是生出聪明健康的宝宝。宝宝出生之前的这个阶段，是奠定其一生智力水平的重要准备阶段。也许即将成为父母的你们资质平平，但请相信，你们完全可以拥有一个出色的孩子。这需要你们从孩子未出生时就开始细致、全面的准备。请相信，付出总有收获。父母的努力与诚意会为您的孩子带来一种不同的人生境界，一张完全不同的命运答卷。

第一节 孕前准备

精 点 导 航

最佳匹配：夫妻素质、健康程度、夫妻感情。

遵循科学规律：远距婚配、计划与选择。

孕前准备是优孕的关键，却往往最容易被忽略。与意外惊喜相比，期待中的宝贝是父母爱的结晶、情的延续、灵的升华。恰当的孕前准备能让孩子决胜在起跑线上，孕前点点滴滴的付出和努力都影响着孩子的未来。

一、婚姻的几个"匹配"

美满而匹配的婚姻是孕育生命的前提，这样能为孩子营造和谐、融洽的家庭氛围。这里说的完美、匹配，更侧重于优生、优孕、优育的角度。具体有以下几个原则：

❦ 夫妻素质的匹配

一般来讲，结为伴侣的双方，要有相当的知识层次与社会背景、一致的价值观念与生活态度、相同的行为习惯，所谓"门当户对"的老话并非没有道理。

我们都知道，结婚和生育是密切相关的。文化素质较高的父母，其孕育出聪明孩子的几率更大。夫妻双方在生活、观念方面的契合程

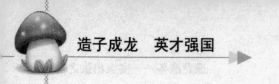

度越高，关系越和谐，就越能营造孕育孩子理想的环境，对后代越有利。

❀ 夫妻健康程度的匹配

夫妻双方只有同时在十分健康的情况下，才能孕育出健康的宝宝。夫妻最佳生育年龄为 25—37 岁。夫妻双方应选择在身体健康、情绪良好、精力充沛的最佳时刻受孕，而不可以在患有重大疾病如肝炎、结核、高血压、心脏病、甲亢以及各种感染病时受孕；也不可以在因各种不幸而遭致重大精神刺激时受孕。长期口服避孕药或长期因病服药的，需要停药后一段时间，才能受孕；早产或流产后的，要过一年以后方可再受孕；双方有吸咽、饮酒习惯的，需要戒烟、戒酒几个月后才可受孕。

计划怀孕后，夫妻双方都需要加强营养，注意饮食全面均衡，避免食用被污染的食物，少近烟酒和咖啡。保持精力充沛，为优生打下坚实的基础。

❀ 夫妻感情的融洽

有调查表明：夫妻不和及不幸的婚姻是造成胎儿躯体或精神方面障碍的重要原因。夫妻不和对胎儿的危害，要比孕妇在孕期生病、吸烟等造成的危害严重得多。特别是夫妻之间若常发生争吵的话，就会影响妻子的情绪，也会影响到胎儿的健康。相反，如果夫妻双方在备孕期间能够调整自己的情绪，尽量调节生活所带来的心理压力，在轻松、愉快的环境下怀孕，将会孕育一个健康、聪明的宝宝。

二、婚姻也有科学一说

❀ 遵循科学和重视遗传规律

目前国家对优婚采取的主要措施是进行婚前体检，并禁止近亲结婚，不准或暂时不准某些疾病患者结婚。与此同时，还应注意了解双方家族中有无患遗传病和遗传缺陷的人。除了遗传疾病基因外，如果染色体数目改变、或染色体本身出现断裂或残缺不全，也会对后代造成巨大影响，导致出现种种不正常的情况。夫妻双方孕前体检是十分必要的。它有助于在怀孕前发现异常、及时治疗和避免潜在问题，将身体和心理都调节到最佳状态，并在医生指导下有计划地怀孕，以避免生出有缺陷的宝宝，平安度过孕期和分娩。

有关近亲结婚及夫妻地域、血缘关系相近对孩子是否有影响的问题，据有关部门对全国 6 省市 1441 户农民家庭抽样调查显示，中国大多数农民通婚范围方圆不超过 25 公里，84.7% 的农民通婚不出县，51% 的农民通婚出不乡，30% 的农民通婚不出村。而在这些家庭中，患遗传病的概率也相对较高。

 事例

1840 年 2 月，21 岁的维多利亚女王和她的表哥（舅舅的儿子）阿尔伯特结婚，他们一共生下了 9 个孩子，4 男 5 女，4 个男孩有 3 个患有遗传病——血友病，女孩也是血友病基因的携带者。

她的 3 位王子都是两岁左右发病。这是一种稍有碰撞即出血不止的疾病。当时的医学界对此毫无办法，连最高明的医生也束手无策，结果王子们一个个都夭折了。

所幸的是 5 位公主却都美丽、健康、聪明，于是不少国家的王子都前来求婚。然而当她们先后嫁到了西班牙、俄国和欧洲的其他王室后，她们所生下的小王子也都患上了血友病。这件事把欧洲许多王室都搅得惶恐不安，所以当时把血友病称为"皇室病"。

王室血统的"纯洁"，带来的却是家庭的悲剧。

血友病是一种"伴性遗传"疾病，也就是说，这种病与人的性别有关。该病的基因就位于细胞中的 X 染色体上。男性的性染色体是 XY 型，于是会发病。而女性的性染色体是 XX，病变的 X 染色体被另外一条健康的 X 染色体所代偿，所以并不发病。尽管个人不发病，但这条有病变的染色体会继续遗传下去，遗传给她们的子女。在下一代中，男性中有 1/2 的人会发病，而她们的女儿中又有 1/2 的人成为血友病的基因携带者，于是就会继续向下遗传，这就是伴性遗传病的遗传规律。

❋ 提倡远距离婚配

远距离婚配，即两个完全没有亲缘关系、而在地理位置上又相隔甚远的男女的婚配。两个在血缘上没有关系而在地理上又相隔甚远的男女婚配，基因纯合的机会少，所以患隐性遗传病的后代也少，而且孩子的体质、天赋也会明显优于父母。越来越多的事实证明，不同种族、不同地区的人互相婚配，其后代比父母更聪明，更健康。如同生物界存在着杂种优势的现象一样，即"杂交出良种"。

在人类的群体中，常常由于地理环境、交通、民族、宗教等原因，造成一些特殊的"隔离群"。他们只与本群体内成员婚配，久而久之，群内成员就建立起了错综复杂的亲缘关系，甚至使全体成员都接近或者达到了"近亲"的程度。在那里常常会发现一些罕见的遗传病流行，这就是长期实行群内婚配的结果。

事例

15 ～ 16 世纪，清政府从甘肃等地移民了一批百姓到新疆达坂城一带，他们与当地居民通婚，这种远距离婚配造就了漂亮的"达坂城姑娘"。这不仅激发了当年的音乐大师王洛宾的灵感，创作了动听的民歌《达坂城的姑娘》，随着这支歌曲的传扬，使达坂城的维吾尔族姑娘饮誉中外。许多中外游客一到西北，都欲一睹达坂城姑娘的风采。然而，如今达坂城的姑娘普遍都已经不漂亮了。这是为什么呢？社会学家和医学家们经过调查发现，原来因为达坂城交通闭塞，当地人在一个狭小的圈内通婚，已使得达坂城的姑娘普遍失去了昔日的迷人风采。

三、孕育生命切忌随意

孕育生命是一件十分严肃的事情，从决定孕育生命那一刻开始，夫妻双方就必须深刻意识到自己身上肩负的重任。

在精子和卵子结合那一刻前的 3 个月，甚至 6 个月，就应开始孕育准备，因此生命的孕育不仅只是 10 个月。因此，自孕前 10 个月开始，夫妻双方就要着手准备了。在最佳状态下，让最健康、最富活力的精子和卵子在天时地利人和时，把父母双方的精良基因如容貌、智慧、个性、健康在受精卵中高度融合。

♣ 丈夫需要做的：保证精子的质量

新的科学研究发现，精子的生存需要优质蛋白质、钙、锌等矿物质和微量元素，精氨酸及多种维生素等；如果偏食，饮食中缺少这些营养素，精子的质量会受到影响，或许会产生一些"低质"精子。受孕之前半年内夫妇双方就应作好饮食上的准备，净化自身的内环境，要多吃含叶酸、锌、钙的食物；多吃瘦肉、蛋类、鱼虾、动物肝脏、豆类及豆制品、海产品、新鲜蔬菜、时令水果。男性要注重调整、完善生活方式。

（1）告别烟酒及药物，拒绝咖啡因。酒精对男性生殖系统有毒害作用，会导致精子不正常。喜欢喝咖啡的准爸爸、准妈妈，要把量限制在一天一杯之内，至于可乐等饮料最好让它们从食谱中彻底消失，取而代之的是新鲜果汁或蔬菜汁。此外，准爸爸最好不要留胡须，嘴唇上下的胡须都不要放过，因为胡须会吸附空气中的灰尘和污染物，通过呼吸进入体内，影响生产精子的内环境，也可能在与妻子接吻时，将各种病原微生物传染给妻子。

近年来的研究证明，饮酒对胎儿的有害作用主要是损伤脑细胞，使脑细胞发育停止，数目减少。酒后怀孕，会引起胎儿发育迟缓，智力低下，严重的还会造成白痴。夫妇双方若一方烟酒过度，对胎儿危害极大。

根据报道，对 200 名吸烟在一年以上的男子进行精液检查，发现每天吸烟 30 支以上的人，精子畸形比例较高。

（2）不偏食。尤其要多摄入优质蛋白质、钙、锌等矿物质和微量元素、精氨酸、多种维生素等，确保精子的生产与质量。

（3）远离不安全环境。不少化学药品，如雌激素、利血平、氯丙嗪等均会影响精子的生存能力从而使畸形精子的数目大量增加。因此，男性在这段时间里应做到不滥用药物，不使用含雌激素的护肤脂。尽量避免接触重金属、氨甲喋呤、棉酚二澳、氯丙烷等工业化学品。

（4）丈夫还要保持良好稳定的情绪。若经常忧郁、烦恼或脾气暴躁，会使大脑皮质功能紊乱，造成神经系统、内分泌功能、睾丸生精功能以及性功能不稳定，影响精子的产生和质量。

（5）丈夫与妻子一起参加孕前体检，尤其要采集精液样本，分析精子的数量、移动性和活力，判断是否有足够的、高质量的精子。

❦ 妻子需要做的：保证营养与健康

（1）做孕前体检。孕前做体检，评估一下自身的健康状况，这是维护女性生殖健康、培育健康宝宝的最基本行动。如发现疾病，应尽快医治，以免服用的药物对日后怀孕产生不良影响。

（2）有规律的运动。在进行至少一个月以上有规律的运动后再怀孕，可促进女性体内激素的合理调配；确保受孕时，女性体内激素的平衡与受精卵的顺利着床，并促进胎儿的发育和加强宝宝身体的灵活程度，避免怀孕早期发生流产，还能明显地减轻分娩时的难度和痛苦。晨跑、瑜伽、游泳等运动形式都是不错的选择，即便是每天慢跑和散步也有利于改善体质。运动可以不要求强度，但要注重坚持。

（3）营养均衡。要注意科学饮食，为胎儿发育提供足够的营养素等。体质较弱的妇女可在孕前进补以增强体质，为妊娠期做好准备。药补不如食补。食补平和、方便而有效，对于脾胃较虚弱的，多食山药、莲子、薏米、白扁豆等，可以补脾胃；血虚、贫血的妇女，可多食红枣、枸杞、红小豆、动物血、肝，补气补血；对于易疲劳、易感冒者，可加用黄芪、人参、西洋参等；肾虚者，痛经、腰痛，可多吃桂圆肉、核桃等。

要有目的地调节饮食。食谱要广，可以从蔬菜、水果、粮食、奶制品、瘦肉类、鱼和蛋、豆类食物中获取各种营养素。

要喝低脂、低糖、低盐的饮料。要避免烟酒和咖啡因。

孕前 3 个月，每日要补充 0.4—1.0 毫克的叶酸，让体内的叶酸慢慢积累到一定的量，防止将来胎儿神经管缺陷的发生。

要控制自己的体重，体重太轻容易导致胎儿营养不良，体重过高则会发生某些妊娠并发症，比如高血压、糖尿病等。

BMI的计算公式为：$BMI = 体重/身高^2$（体重单位：千克；身高单位：米）。

计算结果在 18—24 之间，就是标准体重。

（4）饮食方面，养成好的膳食习惯。与男性一样，准备怀孕的女性在远离烟酒等对身体健康有害的物质外，应尽量吃得杂一些，不要偏食，养成好的膳食习惯，能确保今后自己和宝宝都健康。

食物中首选一些含有优质蛋白质的豆类、蛋类、瘦肉以及鱼等；其次是含碘食物，如紫菜、海蜇；含锌、铜食物，如鸡肉、牛肉、羊肉；以及有助于帮助补铁的食物芝麻、猪肝、芹菜等也应在饮食中增加获取。此外，足量的维生素也是必需的，如新鲜的瓜果和蔬菜就是天然维生素的来源，特别是能降低胎儿无脑儿、脊柱裂等神经管畸形的叶酸，专家们普遍建议，准妈妈要提前补充。可以选择专为孕妇设计的复合维生素叶酸片，在使用的剂量和用法上就有更安全的保证。如果体重超常（偏瘦或偏胖），同样会使怀孕的几率大大降低。所以，体重问题也需要从这阶段开始有计划地进行调整。

♣ 注意心理、生理状态的调整

夫妻双方在还没怀孕之前，要注意心理和生理状态的调整。因为当你们有了宝宝之后，生活方式就开始转变了。宝宝给你们带来喜悦的同时还会让你们感到有更多的责任，需要对宝宝的喂养、教育和健康安全等方面都应该有足够的准备。这样也许会失去许多自由，有时候甚至会影响到事业的发展；但小宝宝的出生，让这个家庭更加完整了，宝宝给生活增添了新的色彩。等宝宝长大后，也会明白父母的付出，你们会发现养育孩子，是多么幸福的事。

第二节 孕育的过程

精点导航

营养与健康: 饮食、药物、孕期反应、孕前检查。

胎教: 孕期夫妻情绪、夫妻言行。

当精子与卵子完美结合，形成受精卵在子宫内开始生长发育，受孕便成功了。从这时开始，准妈妈要历经长达十月之久的漫长孕期。要想生出健康聪明的宝宝，准爸爸、准妈妈必须抓住时机、未雨绸缪。

一、孕期营养决定宝宝的未来

孕妇缺乏营养会影响胎儿生长发育，严重者会引起流产、早产、胎儿发育迟缓、出生后生长发育不良。而营养主要从食物中摄取，因此准妈妈必须合理安排孕期饮食。

❀ 孕期各阶段饮食重点

一般来说，只要孕妇不偏食，食物的选配得当，再适当增加一些副食的种类和数量，基本上就可以满足整个孕期的营养需要。

（1）**孕早期**（1—12周）。此时，宝宝在妈妈腹内不会长得太大，怀孕满3个月时胎儿的体重也不会超过20克。然而，这段时期却是胎儿主要器官发育形成的时期，特别是胎儿的神经管及主要内脏器官。所以，准妈妈要特别注意膳食中的营养均衡，保证各种维生素、微量

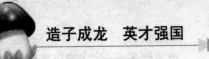

元素和其他无机盐的供给。

这个时期，虽然胚胎较小，但细胞分裂迅速，加之大多数孕妇会有早孕反应，表现出不同程度的恶心、呕吐、厌食、偏食等，影响了孕妇的食欲。所以，孕妇应当尽可能选择自己喜欢的食物，以刺激、增进食欲。食物宜清淡，少食多餐，争取不减少总的摄入量。

叶酸关系到胎儿神经系统的发育。胎儿神经管发育的关键时期在怀孕初期第 17 天至 30 天。此时如果叶酸摄入不足，可能引起胎儿神经系统发育异常。从计划怀孕开始就补充叶酸，就可有效地预防胎儿神经管畸形。

许多天然食物中含有丰富的叶酸，各种绿色蔬菜（如菠菜、生菜、芦笋、龙须菜、油菜、小白菜、花椰菜等），及动物肝肾，豆类，水果（香蕉、草莓、橙子等），奶制品等都富含叶酸。必要时可每天服用 400 微克叶酸，一直到妊娠 3 个月。

（2）**孕中期**（怀孕 4—6 个月），是胎儿迅速发育的时期。胎儿除了迅速增长体重外，组织器官也在不断地分化、完善，孕妇热量消耗和所需蛋白质比正常人高约 10%—20%；另一方面，孕妇的体重此时也迅速增加——孕妇在怀孕期间体重将增加 12—14 公斤，其中 60% 甚至更多都是在孕中期增加的。同时，由于胎儿的器官、系统处于分化定基阶段，因此，这个时期的营养饮食很重要。应重点加强营养，以乳品、肉、蛋、豆类、蔬菜和水果为主，但脂肪不宜过多。为防止水肿，应少吃盐。

在此阶段，孕妇的早孕反应已经过去，多数孕妇胃口大开，这时就应不失时机地调整饮食，补充营养。在保证饮食质量的同时，还要适当提高各种营养素的摄入量。当然，孕妇也不能不加限制地过多进食，从而造成巨大儿（胎儿的体重超过 8 斤），影响生产。

🍁 **饮食要求**：

① 避免挑食、偏食，避免缺乏矿物质及微量元素。

② 做到荤素搭配、营养合理。

③ 把好食物质量及烹调关，切忌食用未煮熟的鱼、肉。

④ 孕妇对热量的需要比孕早期明显增加。适当增加米饭、馒头等主食及鱼、肉、蛋、奶、豆制品、花生、核桃等副食。

⑤ 食用一定量粗粮，如小米、玉米、红薯等。

⑥ 孕中期是胎儿骨骼发育的关键时期，孕妇对钙的需求量增加了40%。奶制品、豆制品、海产品、多叶的绿色蔬菜等都是较好的钙源，孕妇可多选择此类食物。

（3）**孕晚期**（怀孕 7 个月到生产阶段），胎儿生长得较快，胎儿体内需要贮存的营养素增多，孕妇需要的营养也达到最高峰，再加上孕妇需要为分娩储备能量，所以孕妇在膳食方面要做相应调整。孕妇应根据自身的情况调配饮食，尽量做到让膳食多样化，尽力扩大营养素的来源，保证营养和热量的供给。因此，孕妇除应摄入足够碳水化合物、蛋白质食品外，还可适当增加脂肪性食物，特别需要补充钙、铁、锌、磷等微量元素。在产前检查时，孕妇可以请教医生，了解胎儿发育是否良好、偏大或偏小，同时结合自己身体的胖瘦、是否有妊娠糖尿病、高血压等症状。

🍁 **饮食重点**：

在孕晚期，孕妇的食欲继续增强。在饮食中，应注意以下几点：

① 适当增加豆类蛋白质，如豆腐和豆浆等。

② 多食用海产品，如海带、紫菜等。

③ 注意控制盐分和水分的摄入量，以免发生浮肿，从而引起怀孕中毒症。

④ 选择体积小、营养价值高的食物，如动物内脏和坚果类食物；少食营养价值低而体积大的食物，如土豆、红薯等。

⑤ 对于一些含能量高的食物，如白糖、蜂蜜等甜食宜少吃，以防止食欲降低，影响其他营养素的摄入量。

⑥ 有水肿的孕妇，食盐量每日应限制在每日5克以下。

✿ 可能对胎儿产生危害的药物

抗结核病异烟肼、利福平、乙胺丁醇三种药均可透过胎盘屏障，长期服用应注意。抗寄生虫药奎宁对胎儿有多种毒性，可引起对脑神经损害、流产、死胎等，大剂量可引起脑积水、先天性心脏病、四肢畸形等。灭滴灵及其代谢产物对细胞有诱变作用，孕早期应避免使用，中晚期应慎用。

✿ 早孕反应对胎儿智力的影响

早孕反应影响胎儿智力。由于孕妇在妊娠早期（头三个月）常出现食欲减退、恶心、呕吐、偏食等早孕反应，导致摄入营养较少，这样就会影响胎儿智力发育。应主动想办法控制呕吐，稳定情绪，以多样化的食物引起食欲，保证营养的平衡。一般来说，孕妇每天大约需摄取10000千焦的热量，并保障一定的蛋白质、脂肪、矿物质和维生素的摄入。不必有诸多"忌口"，多吃些蛋类、牛奶、鱼、肉、动物肝脏、豆制品、海带、蔬菜、水果等食物；还应注意粗细粮搭配。这样，既促进了食欲，增加了孕妇本身的营养需求，又为胎儿大脑的发育提供了良好的物质基础。

胎儿脑细胞的发育需要各种营养素的供给。以下几种微量元素，是胎儿脑细胞发育过程中所必需的：

微量元素	对智力的影响	对智力的影响
碘	缺碘可导致呆小症、个子矮、智力低下。孕妇碘的需求量为每日175毫克。	海产品：如海带、紫菜等。
铁	缺铁可影响孩子的注意力和敏捷性；铁有助于红细胞健康发育，为胎儿提供足够的氧和养分。	瘦肉、豆类、蛋、绿色蔬菜等。
锌	孕妇体内缺锌时，会增加畸形儿发生率，并会影响胎儿脑细胞的生长、发育和成熟。	麦芽、麦麸、全麦食品、坚果、洋葱、牡蛎等。
蛋白质	蛋白质的缺乏会直接影响胎儿脑细胞的形成，将来成人后，脑细胞数量可能少于正常人。	牛奶、鸡蛋、瘦肉、鱼类、大豆制品等。

二、胎教对孩子未来的影响

胎教一词最早出现于汉代，而中国古代胎教应始于西周。那时胎教的基本含义是孕妇必须遵守的道德、行为规范。古人认为，胎儿在母体中能够感受孕妇情绪、言行的感化，所以孕妇必须谨守礼仪，给胎儿以良好的影响，名为胎教。

据刘向《列女传》记载，周文王之母太任在妊娠期间，"目不视恶色，耳不听淫声，口不出敖言，能以胎教。"意思是说，太任怀孕时，眼不看邪恶的东西，耳不听淫乱的声音，口不说狂傲的话，这就是行的胎教。而"文王生而明圣，太任教之以一而识百，君子谓太任为能胎教。"意思是文王生下来非常聪明，"教之以一而识百"，这是太任施行胎教的结果。《列女传》中记载太任怀周文王时讲究胎教事例，一直被奉为胎教典范，并在此基础上提出了孕期有关行为、摄养、起居各方面之注意事项。如除烦恼、禁房劳、戒生冷、慎寒温、服药饵、宜静养等节养方法，以达到保证孕妇身体健康，预防胎儿发育不良，以及防止堕胎、小产、难产等。

《大戴礼记·保傅》："古者胎教，王后腹之七月，而就宴室。"又说"周后妃（即邑姜）任（孕）成王于身，立而不跋（不踮脚尖），坐而不差（身子歪斜），独处而不倨（傲慢），虽怒而不詈（骂），胎教之谓也。"意思是说，周成王的母亲怀孕时，站有站的样子，站时不将重心倚在一边，坐有坐的样子，坐时也不歪斜，独居一处时也不懈怠放任，发怒时也不骂人，如此等等，用礼教的规范来约束自己的一举一动，从而保持对胎儿的良好影响。

❀ 胎教越来越被现代研究证明

现代人已经越来越重视胎教。"不能让孩子输在起跑线上"这句话被引用得越来越多，这正反映了现今社会对培养一个高质量的孩子的重视。让胎儿的头脑发育得更好，这是胎教最重要的课题。了解影响胎儿智力的因素，可以让孩子从胎儿开始，就赢在起跑线上。由于胎儿具有惊人的潜能，为开发这一潜能而施行胎儿教育，近年愈来愈引起人们的关注。

（1）胎儿在母体里对外界的感知过程。研究显示：宝宝在妈妈肚子里从16周起，就逐渐具有触觉、味觉、嗅觉；18周，开始具备视觉、听觉。胎儿的内耳、中耳、外耳等听觉系统在怀孕约六个月的时候发育成形，胎儿在母亲的子宫内，对外界的声音刺激会有反应，这些反应包括感受到母亲的心跳速度、血液流动的节奏、胃肠蠕动的韵律等，所以当母亲沉浸在轻柔曼妙的乐声中，胎儿不仅感受到音乐的节奏，在环绕着羊水的温柔的摇篮里，也随着母亲的心跳、呼吸一起成长；26周，已发展出潜意识、意识与人格……由此可知宝宝在妈妈肚子里时，就可以慢慢感受这个世界，并对外在环境产生反应。

（2）胎教最重要的作用，就是促进胎儿头脑发育。美国著名的医学专家托马詹的研究结果表明，胎儿在6个月时，大脑细胞的数目已接近成人，各种感觉器官已趋于完善，对母体内外的刺激能做出一定的反应。这就给胎教的实施提供了有力的科学依据。所谓胎教，就是通过调整孕妇身体的内外环境，消除不良刺激对胎儿的影响，并采用一定的方法和手段，积极主动地对胎儿进行训练和教育，以使胎儿的身心发育更加健康成熟，为其出生后的继续教育，奠定良好的基础。

在怀孕第四周的时候，受精卵发育而成的内囊胚子开始变为胚胎，并出现三个不同的胚层，将发育成不同的器官、肌肉、皮肤、骨骼等；第十周是胎儿发育的重要阶段，脑在此时迅速发育，每分钟约有25万个神经细胞形成；一直到22周胎儿的脑细胞才基本发育完善，宝宝也有了感觉和意识。

由此可见，大脑发育的关键时期是孕期的前三个月，这个时期称为脑神经细胞激增期，而脑细胞增殖的特点是"一次性完成"，这就需要孕妇在这一时期特别注意营养的摄入。若营养不良，胎儿的脑细胞分裂增殖就减少，也就造成脑细胞永久性减少，同时脑细胞的体积增大和髓鞘形成均受到影响，致使智力发生障碍。

同样，临床研究以及长期的经验告诉我们，出生后的头六个月也是宝宝大脑进一步完善的重要时期，这个阶段的营养好坏也关系到宝宝的聪明与否。营养不良在产后早期主要是对细胞数量的损伤，而后期主要是对细胞体积的损伤。宝宝营养不良还可影响脑的髓鞘化及细胞内酶的成熟。

❖ 情绪胎教是一种有效的方法

现代医学证实，胎儿确有接受教育的潜在能力，对外界刺激变化

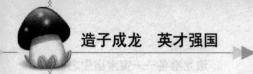

会有所反应，主要是通过中枢神经系统与感觉器官来实现的。怀孕26周左右，胎儿的条件反射基本上已经形成。在此前后，科学地、适度地给予早期人为干预，可以使胎儿各感觉器官在众多的良性信号刺激下，功能发育得更加完善，同时还能起到发掘胎儿心理潜能的积极作用，为出生后的早期教育奠定良好基础。因此，怀孕中期正是开展胎教的最佳时期，万万不可错过。

目前，国内外广泛采用的胎教措施主要有音乐胎教法、对话胎教法、抚摩胎教法、光照胎教法、情绪胎教法等。面对花样繁多的胎教方法，如何选择成了很多家庭头疼的问题。在胎教这个问题上，詹博士借鉴中外各种教育理论，形成了自己独创的理念。詹博士认为，情绪胎教法是最有效的教育方法之一。

情绪胎教法是通过对孕妇的情绪进行调节，使之忘掉烦恼和忧虑，创造清新的氛围及和谐的心境，通过神经递质作用，促使胎儿的大脑得以良好发育。如果孕妇在妊娠期情绪低落、高度不安，孩子出生后会出现智力低下、个性怪癖、容易激动等状况。

情绪胎教，顾名思义是要求孕妇有一个好的心情，在孕期坚持有好的心情，必须先有好的心态，一个平常心态可以孕育一个天才。一双勤劳的手可以打造出一个漂亮的孩子。情绪胎教首先要求夫妻双方共同参与，确定准爸爸、准妈妈的定位。首先准爸爸要具有责任心、事业心、安全感；准妈妈要具有事业心、爱心、安全感。情绪胎教的成功，是父亲的责任与母亲的行为结合的结果。

实施情绪胎教法要注意以下两点：

（1）**避免刺激。**孕妇尽量不看惊险刺激或恐怖的电视，不参加紧张、剧烈的活动，可以多欣赏优美的音乐，阅读些有趣味的、活泼健康的文学作品，到风景秀丽的地方去散步，保持正常的生活规律，避免懒散的生活方式。

（2）**稳定情绪**。孕妇要精神愉快，不能大喜、大悲、大怒，应排除有害信息对情绪的干预。如果孕妇的压抑情绪延续几个星期，那么胎儿的超量活动就可能贯穿整个胎儿期，从而影响胎儿的发育。美国心理学家克雷奇等人的实验还证明，怀孕期间孕妇情绪激动会影响后代的情绪特征。由此可见，妇女怀孕期间的情绪直接影响胎儿的发育。

❦ 胎教中夫妻的配合

除选择情绪胎教外，还有几种简单有效的胎教方法可以采用：

（1）**腹部按摩**。孕妇可选择在晚上临睡之前，把双手放在腹部，由上至下用手轻轻地抚摸，每次五分钟，同时可以轻轻地和宝宝聊聊天，让它听到您的声音。

（2）**听觉训练**。孕妇每天可以选择聆听一些优雅动听的音乐，优美宁静的旋律容易使人产生美好的联想和愉悦的心情，会促使脑经体产生神经液，通过神经液将美好的音乐感受传导给胎儿。实验证明，对于频率为250—300赫兹、强度为70分贝的音乐，胎儿即会在母腹中出现安详舒展的蠕动。而对于那些尖、细、高调的音乐，胎儿就会产生不安定、紧张的反应。临床观察表明，通过孕妇的朗读，使胎儿接受人类语言声波的信息，对孩子语言的发展有一定的促进作用。

（3）**父亲须参与到胎教过程中**。母亲是胎教的主角不言而喻。那么，父亲就是胎教中最重要的配角。作为妻子的丈夫，孩子未来的父亲，在胎教中有着义不容辞的责任，更具有十分重要的作用，他对宝宝的影响是相当重要的。这对保持妻子良好的情绪很重要。父亲在创造良好的胎教环境、调节孕妇的胎教情绪等方面发挥着重要作用。更为主要的是，父亲在与胎儿对话、给胎儿唱歌等胎教手段的实施过程中，将发挥无可比拟的作用。父亲要重视胎教，应该注意做好以下几方面的工作：

①　关心妻子，做妻子坚实的后盾。　孕妇一个人要负担两个人的营养供给，非常劳累。如果营养不良或食欲不佳，不仅会使妻子体力不支，而且严重地影响胎儿的智力发育。宝宝智力形成的物质基础，有2/3是在胚胎期形成的。所以，丈夫要关心妻子孕期的营养问题，尽心尽力当好妻子和胎儿的"后勤部长"。

②　风趣幽默处事，丰富生活情趣。妻子由于妊娠后体内激素分泌变化大，产生种种妊娠反应，因而情绪不太稳定，特别需要向丈夫倾诉。这时，丈夫唯有用风趣的语言及幽默的话语宽慰并开导妻子，才能有效稳定妻子的情绪。

丈夫要经常陪妻子到环境清新的公园、树林或田野去散步、做早操，让妻子白天多晒晒太阳。这样，妻子会感到丈夫的体贴和关爱，心情会舒畅惬意、情绪稳定，也就有心情多与胎儿交流。

③　协助妻子胎教丈夫对妻子的体贴与关心，准爸爸对胎儿的抚摸与"交谈"，都较好地运用了情绪胎教法。

第三节　对分娩过程的重视

精点导航

分娩前的精神准备

分娩计划

胎儿发育和分娩过程的监控

十月怀胎，一朝分娩。分娩，是指胎儿在母体中大约 40 周发育成熟后，从子宫向外排出，成为独自存在的个体的这段时期和过程。

分娩过程是医护人员和产妇相互配合的过程，严格的产程监测和新生儿监护是分娩安全的保证。产前检查和孕妇的保健也为顺利生产奠定了良好的基础。

一、分娩过程中的精神保健

分娩是一个正常的生理过程，产妇对分娩的安全性会有一些顾虑，往往会产生期待、喜悦、恐惧、紧张等复杂的情绪。分娩对产妇而言是一个巨大的心理应激。有研究表明，产妇在分娩过程中普遍存在焦虑和抑郁的倾向。心理状态的改变可以导致神经——内分泌功能的变化，导致宫缩异常而造成分娩困难。产妇在分娩过程中保持良好的精神心理状态，对顺利完成分娩非常重要。

在分娩过程中，母亲应消除紧张心理，保持情绪的稳定，把全部注意力转向胎儿，始终保持母子（女）心理上的密切联系，互相沟通、

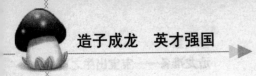

互相勉励，增强小生命迎接新生活的勇气，让胎儿在与母亲的产道强烈相互挤压、相互摩擦中体验出生的快感，体验深厚的母子感情，顺利完成分娩。

二、做一份详尽的分娩计划

在西方国家，大部分的孕妇都会制定一个分娩计划，其中包括使用什么方式镇痛、选择哪家医院等，以防分娩过早开始，即使不写下来，也要把分娩过程提前想一想，并与产科医生进行讨论交流。

❧ 确定分娩的地点

现在，大多数的孕妇，并不是选择在家里分娩，往往希望在医院里进行分娩，以便得到优质的医疗技术服务。但无论选择在哪里分娩，孕妇都要提前做好决定。

那么，怎样选择合适的医院？现在的医院类型多样，规模不一，要判断哪家医院比较合适，需要综合考虑很多因素，比如医院的伙食是不是合胃口；接生人员是否充满爱心；医院的设施先不先进等。

❧ 确定分娩的方式

是选择自然分娩还是选择剖腹产？这可能是每一位准妈妈都会面临的问题。关于分娩方式，《母婴保健法》上有明确的表述：孕妇有选择分娩方式的权利。因此，孕妇在分娩前应根据自身的身体状况选择分娩的方式。如果一切正常，孕妇就可以采取自然分娩的方式。这也是需要大力倡导的、对母亲和孩子都有利的分娩方式；如果有问题，则建议采取剖腹产。

分娩方式对孩子的影响很大。几年前，《英国医学杂志》周刊发表了南安普敦大学科研人员的一份研究报告：出生后前几个月体重轻于平均标准的婴儿，成年后易患精神忧郁症，而这些婴儿的体重轻大都因宫内发育不良、早产、产后营养不良等因素所致。这一报告从某些方面再次证实了美国心理学家弗赫于多年前公布的研究结果：分娩方式可能决定着孩子的未来。

弗赫经长期研究发现，分娩过程尽管相对于孩子一生来看是极为短暂的，但这一过程将影响一个人未来的性格、脾气和气质。他认为，胎儿出生时若头部受到产钳的损伤或遭到长期阵痛，将来可能表现出性格忧郁，并易于产生精神发育不全；剖腹产的胎儿，由于没有经受分娩时子宫收缩的影响，长大后往往性情急躁、缺乏耐心；两脚先于臀部娩出的胎儿，将来常常活泼好动；分娩过程中有缺氧或受麻醉剂影响的婴儿，性格可能孤僻，且不善于交际等。

弗赫的研究，引起了西方医学界，尤其是妇产科、儿科专家和心理学家们的关注。他们就此作了大量的调查研究后，不仅证实了弗赫的观点，而且还有许多新的发现，如在分娩前和分娩期间，胎儿体内的应激激素、肾上腺素和去甲肾上腺素激增，这些急速增加的应激激素有防止胎儿在产道里窒息，为婴儿出生后的第一次呼吸作好准备。

正常分娩的婴儿比未经历分娩过程的剖腹婴儿肺容量大且较少患呼吸系统疾病；正常儿童弱视发病率仅为 4%，而受钳产、剖宫产、臀位产等各种方式难产儿童的弱视率却高达 15% 以上。难产所致的弱视被解释为：胎儿在宫内缺氧或窒息，眼和脑组织因缺氧而受损，或助产器械伤及胎儿头面部有关；早产会导致婴儿体质虚弱及神经系统缺陷；过期妊娠则会导致婴儿脑发育不全、痴呆等。甚至，分娩方式也会影响婴儿的营养状况。

日本医生研究证实，传统的仰卧式分娩姿势可抑制母乳的分泌量。采用坐式分娩姿势的产妇在分娩后 5 天内平均分泌乳汁近 1000 毫升，比仰卧式分娩者多出 1/3。

因此，为了优生优育，孕妇在围产期内应做好自我保健，定期到

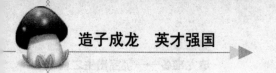
医院产前门诊检查，做好健康监护，临产时尽可能做到不用器械助产，不用要麻醉剂施行剖宫产手术等。

三、密切关注胎儿发育状况

胎儿颅骨由顶骨、额骨、颞骨和枕骨组成。在胎儿期，各骨尚未合在一起，其间留有缝隙。各颅缝间均有软骨覆盖，故骨板有一定的活动性，因而胎头进入真骨盆便有一定的可塑性。分娩中，颅骨骨板可轻度移位使胎头变形，以适应产道，利于胎儿的娩出。通常，这种情况对胎儿智力不会造成影响，而且在哺育过程中仍有可塑机会，不会影响胎儿的相貌。

母体的供氧、胎盘的输氧和胎儿的用氧，三者紧密相联，任何一个环节出现问题都可造成胎儿呼吸窘迫。在分娩过程中，如果孕妇出现仰卧综合症或精神过度紧张，可造成胎盘血供减少；临产时子宫过度收缩或痉挛性不协调收缩亦会导致胎盘供血减少；另外，脐带脱垂、扭曲或绕颈等，可致胎儿严重缺氧。分娩过程中进行严格的胎儿监测的主要目的，是预测和判断胎儿宫内状况，及早诊断是否存在胎儿缺氧情况。

启蒙教育—3 岁之前

　　"中外几千年历史证明，孩子三岁看大，七岁看老，这绝对有科学依据，只是从未有人能意识到其中的道理罢了。一个人的智商在三岁前就基本形成，以后不会有太大改变；大多父母却往往忽略了孩子这段最重要的时光，或不知应从哪里下手。"

　　"三岁看小定智商。三岁之前的孩子，应重点加强智商方面的培养。"

——詹博士感悟

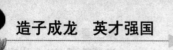

詹夫人育子心得

安玛砬（1ā）女士，詹博士之夫人；以詹博士教育理念融入其亲身教子实践中，多年来总结出许多颇有成效的心得体会，并形成自己独到的育子经验。两个儿子经过她的调教，大儿子马休学习成绩在巴黎卡尚技术学院名列第一，小儿子科莱蒙14岁获得法国ID联赛年段数学冠军。

本书特将詹夫人有关育子心得插在正文内，与读者分享。

A. 母乳喂养的时间观念及相关问题

B. 詹夫人喂养孩子的小贴士

C. 小玩具的启示

D. 詹夫人解析"三岁看大，七岁看老"

E. 育子小技巧

对于年轻的父母而言，从宝宝出生的那一刻起，便要担负起养育孩子的重任。这里说的"养育"，具有"养"、"育"两层含义，专指对年幼者的抚养、教育。这里所说的"抚养"，简单来说就是保护并教养，目的是让孩子健康成长；而这里所说的"教育"，则具有更高一层的意思。教育是家长一生最重要的事业，是在保证孩子健康成长的基础上，对孩子进行培养，开发孩子的情商、智商和品质，使孩子更富创造力。

一些家长曲解"不能让孩子输在起跑线上"的含义，拼命地逼着孩子从刚刚学会说话开始就去学这学那，意在培养这种或那种"细胞"，却从小就扼杀了孩子的探索和思辨能力。

宝宝健康出生只是"造龙计划"的开始。接下来父母如何"教育"，对孩子后天素质的养成具有至关重要的作用。

时下流行的观念是：儿童的教育应从七八岁开始。这种观念的盛行带来的严重后果可能是千万父母始料未及的。这不仅是对孩子求知欲、灵性、创造力等能力的抹杀，更是错过了孩子智力发育的最佳时期，其结果，只能是带来更多的凡夫俗子、庸才。"造龙计划"正是要强调对孩子自小到大各个阶段的培养，尤其重视对孩子婴幼儿时期的培养，从而打造出更多的天才。

近年来，许多儿童教育家把0—3岁看做是早期儿童智力开发的"关键年龄"，并引起社会和家长的普遍重视。所谓关键年龄，是指人生学习效率最高的年龄阶段。在此期间所实施的教育，可收到事半功倍的效果。0—3岁是人生的幼儿期，这一时期是成人的基础，给予什么样的教育就会形成什么样的雏形。有人说"三岁之貌、百岁之才"，意思是说3岁之前形成的才华能决定他的一生。有"三岁定八十，七岁看终身"的说法，这是说幼儿时期所受的教育和养成的习惯，直至80岁还保留着。

纵观有史以来的伟人和天才，如果在他们幼年的时候，给他们以更高明、更得当的教育，那他们一定会更加伟大、健康、和善、宽容、出色、聪明、正直、博学、谦逊和坚强。简言之，会成为尽善尽美的完人。所以，对孩子的教育开始得越早，取得的效果就越显著，孩子就越有可能成长为完美的人。

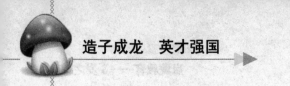

第一节　0—3岁孩子的特点

精点导航

0—3岁孩子心理特点：

心理发展的连续性及年龄阶段性

心理发展年龄阶段的稳定性和可塑性

心理发展对日后的发展有重要作用

0—3岁孩子身体特点：

迅猛性、跳跃性、周期性、多样性

　　孩子在父母热切的期待下呱呱落地，随之而来的问题就是：如何养育孩子？如何针对0—3岁孩子的特点进行有效的教育？那么我们首先要解决的，就是深入了解这一时期孩子的特点。只有这样，才能做到有的放矢地进行对"小龙"的培养，并获得成功。

一、婴儿心理发育特点及其对日后发展的作用

心理发育特点

　　0—3岁孩子的心理发展是一个既连续又可以划分出年龄阶段的过程，具有如下特点：

（1）**心理发展的连续性及年龄阶段性**。发展的连续性是指婴儿心理发展是一个不可中断的过程，而且这一过程有其自身的逻辑发展顺序。年龄阶段性是指在婴儿心理发展的全过程中，表现出一些在质量上不同的年龄阶段特点，每一年龄阶段都有其最一般、最典型的特征，以区别于其他阶段。

（2）**心理发展年龄阶段的稳定性和可塑性**。婴儿心理发展的每一年龄阶段特点，都具有相对的稳定性。由于所处的时代不同，社会形势和教育条件不同，身心成熟状态不同，心理发展的变化也表现出一定的可塑性。从前一阶段向后一阶段过渡的时间可能略有早晚，但阶段不能跳跃，顺序是一致的，在每一阶段，各种心理发展变化的过程或速度也会有个体差异，但差异是在量的水平上，而不是在质的水平上。

心理发展对日后的发展有重要作用

婴儿心理发展是整个儿童心理发展的早期阶段，其发展的好坏对以后的发展有重要作用。

婴儿心理发展和生长发育是人一生中最快的时期。如，婴儿出生时还不会说话，到3岁左右，已经可以说出和理解1000多个词汇；新生儿脑重只有350—400克，3岁时已达1000克左右，大约是出生时脑重的2.5倍。新生儿主要靠感官（眼、耳、口、手、鼻、体肤）认识周围世界，3岁时不仅有了相当的观察、记忆、思维能力，而且情绪和感情也大大丰富了。

婴儿心理的发展为儿童成熟期的心理发展奠定了基础，人的基本语言能力、典型动作、行为方式与能力、各种心理能力、基本情绪和情感感受等，都是在这一阶段初步形成的。

0—3岁婴儿心理发展包含许多方面，其中感知能力、记忆能力、思维能力、想象能力、交往能力、注意特征、情绪和情感特点、意志特征、

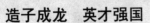

气质特点、自我意识水平等都是发展的重要方面。与上述诸多方面密切相关的语言发展状况、动作和行为发展状况对儿童心理发展有重要作用。

二、婴儿身体发育特点

🍃 发育的迅猛性

在婴儿阶段，宝宝的发育是最迅猛的，身高、体重、头围、胸围、牙齿等都会有很大变化。这个阶段的护理也是尤为重要的，因为这也是宝宝最为娇嫩的一个时期，任何的发育指数异常都可能隐藏着某些疾病信息。新爸爸、新妈妈们对婴儿的身体发育了解得越多，也就意味着能更科学、更正确地养育宝宝。

🍃 发育的跳跃性

宝宝的生长速度通常不是一成不变的，绝大多数是在某一段时间内生长发育速度特别快，而在其他时间段里则相对比较缓慢。生长发育相对很快的这段时间即是飞速生长期。因此，宝宝的生长发育呈现的是跳跃性的特点。

🍃 发育的周期性

飞速生长期呈周期性出现，主要表现为：在进入快速生长期之前，宝宝一般会显得比较安静，睡得比平时好，吃得也少，他（她）正在为生长积蓄能量。一两天之后，宝宝饿得更快，就会吃得很多，妈妈们感觉到喂奶的频率明显增加，这时不必太惊讶，应该为宝宝提供充足的营养。不久之后，宝宝又会回到原来的就餐频率；等到下个星期或下个月，宝宝还会重复同样的生长周期，具体的时间则取决于宝宝自己的节奏，并不是恒定的。

发育的多样性

每个宝宝的飞速生长期并不一样，有些宝宝每隔 4 天就会有一个飞速生长期，而有的宝宝则是每隔 4 个星期。在飞速生长期，家长可以明显发现孩子每天的生长发育特别快。一旦飞速生长期过去，孩子的生长发育就会逐渐慢下来。所以，在宝宝飞速生长期的时候，一定要注意保证宝宝充足的营养。

第二节 0—3岁孩子智商的开发

精 点 导 航

智力开发

饮食对智力的影响：母乳喂养、环境营造、掌握智力发育的关键期。

三岁看大，0—3宝宝才智启蒙应该趁早。

智商是先天遗传还是后天造就？一项新的研究证明，这与每个家庭的社会经济状况有关。由美国德克萨斯大学的研究团队以750对双胞胎为对象进行的分析看，第一次测量始于他们10个月大时，这一阶段，遗传学对儿童智力协同因素的发展几乎没有任何影响，不论其来自哪个阶层的家庭。但当幼儿长到2岁时，分析数据便显示出截然不同的情况，此时遗传学对来自经济条件优越家庭的儿童的认知能力变化已产生了50%的影响，但对贫困家庭出身的幼儿依然没有产生丝毫影响。

由此看来，智商受遗传因素的影响最大，但后天还是有办法开发提高的，只在于家庭为其投入如何。人类的智商可分为遗传性智商和后天结晶智商两种，这两种智商都可以通过"三管齐下"的做法来增强。一是饮食；二是营造具有启发性和刺激感官的环境；三是增强孩子情绪智商。

一、从饮食方面为孩子的智力加分

在物质生活普遍宽裕的当下，食物早已不再仅仅是满足人们基本生存问题——"吃得饱"的需要，与之形成鲜明对比的是，越来越多的人更注重"吃得好"，吃出健康，吃出美丽，吃出智慧。很多年轻妈妈对婴儿的喂养这一问题心存疑虑：孩子怎么吃，吃什么才能更聪明？

坚持母乳喂养

在经历了怀孕、分娩一系列的过程之后，年轻妈妈的下一步任务就是哺乳。妈妈的乳汁能为新生儿提供生长发育所需的一切营养，而且母乳会随着宝宝的需要不断改变成分，是宝宝最好的食物，含有宝宝成长所需的所有营养成分。

母乳喂养的优点：

1. 母乳营养成分丰富，对新生儿的智力十分有益。

（1）母乳蛋白质中，乳蛋白和酪蛋白的比例最适合新生儿和早产儿的需要，保证氨基酸完全代谢，不至于积累过多的苯丙氨酸和酪氨酸。

（2）母乳中，半光氨酸和氨基牛磺酸的成分较高，有利于新生儿的生长，促进智力发育。

（3）母乳中未饱和脂肪酸含量较高，且易吸收，钙磷比例适宜，糖类以乳糖为主，有利于钙质吸收，而且总渗透压不高，不易引起坏死性小肠结肠炎。

（4）母乳中含有大量的免疫物质，能增强新生儿抗病能力。初乳和过度乳中含有丰富的分泌型 IgA（粘膜局部抗体），能增强新生儿呼吸道抵抗力。

2. 母乳性质温和，作为新生儿的生理食品，不易引起新生儿过敏。而牛乳中含牛的异性蛋白，易发生变态反应，引起肠道少量出血和湿疹。

3. 母乳喂养的孩子，身体更健康。吃母乳的新生儿，成年以后患心血管疾病、糖尿病、湿疹和哮喘的几率，要比不吃母乳者少得多。

4. 母乳喂养可以增强母婴感情。使新生儿得到更多的母爱，增加安全感，有利于成年后建立良好的母子关系，也有利于新生儿以后情商的发展。

5. 对母亲而言，母乳喂养的好处同样很多。母乳喂养可加快妈妈产后康复，还可减少子宫出血、子宫及卵巢恶性肿瘤的发生几率。美国匹兹堡大学研究人员的最新研究成果显示：产妇用母乳喂养婴儿的时间越长，她们患心脏病、脑卒中以及心血管疾病的风险也越低。

从长远角度来考虑，母乳喂养对宝宝和妈妈都是非常有利的，因此新妈妈必须坚定母乳喂养的信念。

🍄 哺乳期过后的饮食要点

据研究，哺乳期过后的孩子，不吃含添加糖分、含色素、高脂肪的食物，智商可增加 25 点。

A. 母乳喂养的时间观念及相关问题

孩子从落地那一刻起，就要给孩子哺乳，一般可以 3 小时喂一次奶，也可以 4 小时喂一次奶。母乳是最好的、最健康的。喂奶时，左边 5 分钟，右边 5 分钟，总共 10 分钟，这样对保养母亲身体有好处。孩子吃完奶后，要把孩子抱起来，让孩子趴在妈妈肩上，拍拍他，打个饱嗝，这样孩子就不会溢奶了（万一溢奶一定要擦干净）。接着要给孩子换尿片，注意要把孩子屁股擦洗干净，洗干净屁股后，再给孩子换新尿片（要时刻保持孩子的屁股是干爽的），然后把孩子放在床上，孩子就能安心入睡了。

定时哺乳是培养孩子的时间观念的有效方法之一。先每 3 小时喂一次奶，再慢慢固定哺乳的时间。早 6：00 和夜里 12：00 必须给奶。孩子 10 周后，晚 10 点要添加一些土豆粉、燕麦片等，让孩子吃得饱饱的，可以一觉睡到天亮。

父母培养教育孩子一定要有耐心。孩子睡觉时间有快有慢，但一般比钟表还准；孩子吃饱了才能睡得香，到时间会自然醒。如果孩子吃完饭还在哭闹，那就要检查孩子的尿布，如果没什么问题的话，那孩子一定是生病了。对孩子的时间训练，到三个月时，夜里就基本不会起来了。

孩子四个月后，母乳所含的营养已经不足以供给孩子发育，必须给孩子补充牛奶，这样孩子得到的营养成分才能均衡。

B. 詹夫人喂养孩子的小贴士

年　龄	婴幼儿进食建议
1.5个月	☐ 根据孩子的实际情况，逐步调整喂奶的时间和孩子的食量，直到形成平均每天喂5次、每次喂150毫升奶（如果孩子喝母乳，也要逐步调整为每天5次，每边5分钟，共10分钟）。 ☐ 除正常的喂奶外，每天上午9点要给孩子喂一些橙汁。 ☐ <u>橙汁的制作方法</u>：将挤出来的橙汁液用纱布过滤橙渣，一点纤维都不能有，以免卡住或呛到孩子，然后取3咖啡勺的过滤橙汁 + 3咖啡勺的温水 + 半咖啡勺的白糖调配均匀后放到奶瓶里，喂给孩子喝。
2个月	☐ 平均每天喂5次，但每次喂180毫升奶（如果孩子喝母乳，逐步调整为每天4次，每边10分钟，共20分钟。中午这一餐可以喂孩子180毫升的奶粉，让孩子逐步适应奶粉）。 ☐ 除正常的喂奶外，每天上午9点要给孩子喂一些橙汁。
3个月	☐ 平均每天喂4次奶：早6点喂210毫升奶，中午11点到12点之间，把60克的蔬菜泥加到150毫升奶里，调配均匀后一起加热，在温度适当时喂孩子。（如果孩子喝母乳，逐步调整为每天4次，每边10分钟，共20分钟。） ☐ <u>蔬菜泥的制作方法</u>：将青菜、少许的土豆和水放在一起煮，煮烂后磨细，呈糊状。这样的蔬菜泥放在奶里，使奶不致于太稀，既能使孩子吃饱，也使孩子渐渐适应吃蔬菜。 ☐ 下午4点钟要喂孩子吃些小点心。<u>小点心包括苹果泥、香蕉泥等一些水果泥。把这些水果蒸熟后，磨细后用小咖啡勺小口小口地喂孩子吃60克。3个月开始逐步锻炼孩子用勺吃东西。</u> ☐ 晚18点，喂孩子150毫升奶。 ☐ 晚22点喂210毫升奶。 ☐ 除正常的喂奶外，每天上午9点要给孩子喂一些橙汁。

4 个月	□ 每天喂 3 次奶，中午喂蔬菜泥（ 如果孩子喝母乳，逐步调整为每天 4 次，每边 10 分钟，共 20 分钟）。 □ 早晨 6 点喂 210 毫升奶。 □ 中午 11 点到 12 点之间，用咖啡勺喂孩子 130—150 克的蔬菜泥。蔬菜泥后喂 30 克 加糖的又细又柔软的奶制品。 □ 下午 4 点钟要喂孩子吃 60 克小点心。 □ 18 点，喂孩子 150 毫升奶。 □ 22 点喂 210 毫升奶。 □ 除正常的喂奶外，每天上午 9 点要给孩子喂一些橙汁。
5 个月	□ 每天喂 3 次奶，中午喂蔬菜泥和肉末（ 如果孩子喝母乳，逐步调整为每天 4 次，每边 10 分钟，共 20 分钟）。 □ 早 6 点喂 210 毫升奶。 □ 午餐喂孩子吃蔬菜鱼泥。 蔬菜鱼泥的制作方法：130—150 克的蔬菜泥，外加 30g 的蛋黄、鱼肉末、或肉末（瘦肉），与蔬菜泥搅拌均匀后喂给孩子。 □ 下午 4 点钟要喂孩子吃些小点心。 □ 18 点，喂孩子 150 毫升奶。 □ 22 点喂 210 毫升奶。 □ 除正常的喂奶外，每天上午 9 点要给孩子喂一些橙汁。
6 个月	□ 早晨 6 点喂 210 毫升奶（母乳为每边 10 分钟，共 20 分钟）。 □ 中午喂孩子吃 180g 的蔬菜鱼泥。 □ 下午 4 点钟要喂孩子吃些小点心。 □ 18 点，喂孩子 130—150 克的蔬菜泥。 □ 22 点喂 210 毫升奶。 □ 除正常的喂奶外，每天上午 9 点要给孩子喂一些橙汁。

读者能从婴幼儿进食的建议中看到，5 个月时开始添加蛋黄、鱼肉泥或肉泥（瘦肉）。蛋黄、鱼和肉中都含有铁和蛋白质，而它们都有助于孩子智力的发育。具体功能如下：

· 铁能为孩子提供氧气和养分，有助于提高孩子的注意力与敏捷性。缺铁可引起心理活动和智力发育的损害及行为改变，换句话说可损害儿童的认知能力。故婴儿时期缺铁的儿童很难达到正常的智力水平。

· 蛋白质的主要功能是构成和修补人体组织，对婴儿器官组织有修复和抵抗疾病的作用。0—3岁是儿童脑发育较快的时期，需要丰富的营养物质来供给脑部，蛋白质是最关键的，它的需求量也较大。因此，蛋白质是儿童大脑发育的重要营养之一。缺乏蛋白质将会降低儿童脑细胞的数量和质量，如果孩子摄取蛋白质过低则会导致大脑结构受损。

另外，将蛋黄，鱼末或肉末掺在蔬菜泥里，一则方便婴儿吃；二则蔬菜中富含维生素 C、柠檬酸及苹果酸，这类有机酸可与铁形成络合物，从而增加铁在肠道内的溶解度，有利于铁元素的吸收。

二、营造具有启发性和刺激感官的环境

18世纪法国唯物主义哲学家爱尔维修曾经说过："人刚生下来时都没什么两样，仅由于环境，特别是儿时所处的环境不同，致使有的人成了天才，有的人则变成了凡夫俗子甚至蠢才。即使是普通的孩子，只要教育得法，也会成就非凡。"作为"教育万能论"的推崇者，爱尔维修的言论虽然有其不可避免的片面性，忽视了孩子秉性天赋上的差异，然而，其强调环境对于孩子成长的重要性却有着可取之处。

笔者曾经在麦当劳看到这样一件事：有一家三口，孩子大概两岁，在店里两个大人不停地忙活，喂水喂饭。小孩很快就吃饱了，转而将兴趣转移到自己坐的那把儿童椅上。这把椅子座位离地很高，既有围过腰的把手，又有让孩子钻出来的空当。孩子趁两个大人不注意就从座位上"出溜"下来，然后又试图向上爬，眼看就可以坐到童椅上了，却被妈妈抱起，稳稳地"塞进"座位里。接下来，他继续往外"出溜"，

继续向上爬，继续被抱起"塞进去"……三个来回后，孩子变老实了，不再往外"出溜"，也不再向上爬了。

从中，您能看到什么呢？是孩子太淘气，餐厅提供的座椅不安全，还是带孩子出门吃饭真麻烦？……在那一刻，我们却是情不自禁地为孩子最初宝贵的好奇心和探索欲被残酷地"扼杀"感到无比惋惜和遗憾。其实，孩子完全有能力爬到座位上，进而通过自己的努力享受一次成功的喜悦，家长只需稍稍帮他扶稳椅子即可！长久以来，我们的家长就是这样"无微不至"地照顾自己的心肝宝贝！类似的情况太多了，这种惋惜及遗憾的感觉尤其强烈。旁观者的眼睛总是明亮而公正的，当时，笔者真想帮孩子争取到这个难得的探索、尝试以及充分运动的权利和机会，要知道这些对于发展这个"小不点"的智力有多么重要！

提供有益脑细胞发育的环境，也可以提升孩子的智商，婴儿如果一天到晚都在睡觉，这种自然行为对许多父母而言是"乖宝宝"的表现，其实这是不明智的，恰是错失了提升智商的良机。婴儿最关键性的时刻就是在出生后的头两年，做父母的应该好好利用这段时间陪婴儿玩耍，对他们说话，让他们学习辨认各种声音。父母经常和孩子沟通，孩子长大后懂得运用语言表达自己，沟通能力就会比较好。

三、掌握孩子智力发育的特点与关键

0—3岁是每个孩子智能启蒙的最敏感期。现代科学发现：一个人学习能力的50%是在生命的头4年中发展起来的，另外的30%是在8岁之前发展起来的。

在智力发展中，遗传是儿童智力发展的自然前提，环境和教育是儿童智力发展的决定条件，教育起着主导作用。

之所以说幼儿时期应重点开发孩子的智商，是因为人的大脑蕴藏的细胞总数大约为100亿个，其中70%—80%是3岁以前形成的。在这

一时期主要形成言语、音感和记忆细胞，大脑的各种特征也日趋完善。刚出生的婴儿脑发育速度比 15 岁的孩子快 1000 倍。在 5 岁以前孩子能吸收大量的信息，在 4 岁对以前信息的吸收会更有效更容易，3 岁以前更好，2 岁之前吸收效果最好。错过了 0—3 岁，遗憾一生。加强对 0—3 岁孩子智商的开发，可以奠定孩子一生的才智基础。

婴儿智力发展的特点

1. 与大脑的发育速度基本一致，均处于最快阶段

婴儿智力发展的速度与其大脑发育的速度保持一致。人类的智力发育是大脑的机能的直接反映，因此大脑的机能决定了人类智力的聪明程度。3 岁以前，大脑发育最快，以后逐渐减慢，5 岁以前即完成整个人脑发育的 80%，到 7 岁时大脑的结构和功能基本接近成人。故 7 岁以前是智力发展的关键期，而 3 岁以前更为关键。

2. 环境和教育是儿童智力发展的决定条件，教育起着主导作用

IQ 基本由父母决定，即先天而定，是与生俱来的，但实际上是可以改变的。近几年的研究显示：人类的智商是可以在 2 岁之前提升的；即使在 2 岁之后，也可以通过富有启发性的环境来增强智商。抓住儿童各种能力发展的关键期，施行早期教育，为儿童创造更为优越的客观条件，儿童的智力潜力就会得到更大的发挥，会起到事半功倍的效果，并可提高儿童的智商。而超常儿童虽有出色的先天素质，若不在关键期给以教育，将永远达不到他们本应达到的水平。

婴儿学习的几个关键期

3 岁以前的婴儿在学习各种能力时都有关键期，在关键期学习起来较容易，效果也显著。其关键期有以下几个：

1.0—1 岁，声音辨别关键期

1 岁之前是听觉发展的关键期。宝宝出生一周之后，就能辨别出

给他喂奶的妈妈的声音，4 周后就具有对不同声音的辨别力。耳聋儿童如果在 1 岁前就被发现而给他使用助听器，就能正常地学会语言的发音。

2.0—2 岁，动作发展关键期

3.1—3 岁，口语发展关键期

在正常语言环境中，这时儿童学习口语最快、最巩固，容易获得口头语言的能力，如果儿童在这个时期完全脱离人类的语言环境，其后很难再学会说话，狼孩的情况就是这样。

4.0—4 岁，视觉发展关键期

有斜视的儿童，在 3 岁以前矫正，其立体感就能恢复。如果错过这个时机，就会成为永久性的立体盲。

5.2—4 岁，计数能力发展关键期

6.1—3 岁，音乐能力发展关键期

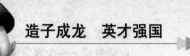
第三节　早教

精点导航

早教对智力发展的必要性

掌握早教的规律和社会意义

早教中应注意的问题

早教的内容与方法

早教（early education），是早期教育的简称，是指在孩子0—6岁这个阶段，根据孩子生理和心理发展的特点以及敏感期的发展特点，而进行有针对性的指导和培养，为孩子多元智能和健康人格的培养打下良好的基础。为"不让孩子输在起跑线上"这句话，许多中国家长都制定了早期教育计划。但是否科学呢？

我们认为，输入软件文化、为孩子日后的性格特点培养打下基础是早教的实质，重点包括音乐、辨色、数字等方面的启蒙教育。

C. 小玩具的启示

一个简单的玩具，却蕴含着许多道理，给启蒙教育阶段的孩子带来方方面面的启发。

以上图玩具为例，可以将很多启蒙知识寓于其中：

首先，是色彩的辨别。从孩子八九个月开始，颜色是他率先要接触的。譬如该玩具颜色比较鲜艳，包括最基本的颜色，色调为红、黄、蓝、绿；无需告诉孩子这都叫什么颜色。

因为这一切作为抽象概念知识，日后老师会教他的；包括潜能的开发，现在也不是时候。可以分别给它们取名红小姐、绿先生、黄太太、蓝爷爷等，潜移默化地影响他，给他以形象化记忆。

其次，是对物体状态的辨别。譬如，该玩具有4种形状，三角形、圆形、方形、多边形；门是红色的，钥匙也是红色，而且形状相同，蕴含一把钥匙开一把锁之意，只有颜色、形状相同的钥匙才能开锁，容易辨别。

第三，要和孩子一起玩并注意礼貌用语的培养。为此要有一个自由宽松、相对宽敞干净的空间，最好能席地而坐。每种玩具都有其不同的智商开发价值，而且在与孩子一起玩的时候，刻意使用礼貌用语，譬如如何打招呼，"你好！"还有"你吃饭了吗？""谢谢你！""对不起！"等等，这些语言的开发，旨在从小教育孩子要懂礼貌。

第四，智力的开发。在游戏的过程中，运用比喻、联想等手法，充分发挥想象力。譬如根据玩具零件的颜色与形状，假设"我是红小姐""你是绿先生"，"绿先生家的门怎么打开，如何进去？"等等。还可以虚构一些美丽的故事，让孩子产生兴趣，开动脑筋。

第五，良好生活习惯的培养。通过玩玩具这件小事，可以帮助孩子养成一些良好的生活习惯。如：孩子要玩新的玩具，把其他玩的东西都收起来，只专注一种玩具，而不能把玩具扔得到处都是。

一、早教可激活孩子智力发育

0—3 岁可以看做是早教的起步，是早教第一阶段。

早期教育是人生中最重要的教育。中国自古就有一句谚语：三岁看大，七岁看老。早期教育到底有多重要？早教为婴幼儿的身体、大脑、智力、个性、人格、精神、心灵等方面的成长发育打下根基。国外一些经济学家在进行大量的调查研究后，认为没有一种投资比投资儿童的大脑潜能开发有更大的社会效益和经济效益，因为实施一年的早期教育计划，可使儿童将来的工资收入提高 2.5 倍。从这个意义上说，在国际竞争更加激烈的 21 世纪，人才竞争的前沿领域，不在大学，也不在中小学，甚至不在幼儿园，而是在 3 岁之前婴儿的摇篮中。

🍃 如何理解早教

早教定义：广义指从人出生到小学以前阶段的教育，狭义主要指上述阶段的早期学习。一些国家出现提前开始学习读、写、算，提前开始正式教育的探讨和实验。但另有人主张早期教育应重在发展智力，还有人认为早期教育应向前延伸到出生以前母亲怀孕期的胎教。总之，家庭教育对早期教育有重大影响。

🍃 早教的必要性

（1）早教是身体平衡发展的需要。婴幼儿期身体早教是身体平衡发展的需要，可让孩子获得健壮的体力；健康的身体是人生幸福的基础。人体医学表明，身体健康的基础一般在 6 岁前建立。早期教育是以身体健康教育为基础的，各种动作与体能训练是早期教育的重要内容。

（2）早教是大脑健康发育的需要。婴幼儿期是大脑健康发育的关键期，通过早教的精细动作与大动作教育，能让孩子获得充沛的脑力。耶鲁大学史蒂文斯（C .F.Stevens）教授指出，出生新生儿脑重

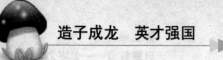

是成人的25%，六个月新生儿脑重近成人的1/2，三岁儿脑重为成人的3/4。早教要以保证婴幼儿脑的健康发育为前提。

（3）**早教是智力全面发展的需要**。促进智力的发育，是早教的主要内容之一。有专家认为，只有科学的多元启智早教课程才能让孩子获得高度的智力。美国心理学家本杰明·布鲁姆（Benjamin Bloom）指出，人脑由1000亿个神经元组合而成，神经元之间的联系要靠外界环境刺激；年龄越小，智力发展越快。如果成熟智商为100%，那么0—4岁是50%，4—8岁是30%。智力不同的结构与功能，通过训练才能有效开发。

（4）**早教是个性自我成长的需要**。在人的成长中，个性成长占主要地位。一些教学实践表明，科学早教能让孩子具有完美的个性。与少年、成人教育不同，尊重每个孩子的个性化差异与个性化成长需要，是早期教育的主要任务。

（5）**早教是人格健康成长的需要**。婴幼儿时期是人格成长的关键期，科学的早教能让孩子具有健全的人格。人的力量来自智力，更来自人格。婴幼儿时期是人格、心智成长的关键期。开阔的心胸、良好的品德、坚韧的意志、崇高的情操、宁静的心态、坚定的勇气都需要在此期间奠基。

（6）**早教是精神和谐成长的需要**。人的成长离不开精神的成长，科学的早教让孩子具有良好的精神。德国教育家鲁道夫·史代纳（Rudolf Steiner）认为，人的精神发展在婴幼儿阶段已开启。对爱的执着、对善的热爱、对美的追求，构成了人的精神领域。

（7）**早教是心灵幸福成长的需要**。人的成长最终是心灵的成长，科学早教应当让孩子具有幸福的心灵。

人的幸福感是人的本质追求。教育必须关注人的心灵成长。而当前的教育更多地关注人的身体与情绪、情感的需要。从而导致早期教育在中国存在偏失。

我国早期教育包括园所（幼儿园与托儿所）早期教育、社区早期教育与家庭早期教育三种形式，且都处于方兴未艾的发展中。早期教育是我国最具发展前景的教育。

● 早教对大脑发育的影响

1. 早教是脑细胞发育和大脑网络形成的必备条件

从对脑细胞的研究证明，儿童早期是孩子大脑发育最快，而且最具开发可能性的时期。从受精卵一经形成就不停地分裂，着床后分裂成三组细胞，成为未来脑、脊髓、神经管及心血管发展的基础。怀孕20 天胚胎大脑原基形成；胎儿二个月大脑沟回的轮廓明显；胎儿三个月大脑细胞发育进入第一个高峰；胎儿六个月大脑表面出现沟回，大脑皮层的层次、结构已基本定型。胎儿七个月大脑结构几乎接近成人脑。胎儿八个月大脑皮层更为发达，表面沟回已经形成。十月怀胎，带着父母的基因和个体发展的潜能，完成了生理人的发展。断言，儿童是一个具有一定潜能积极发展的个体，急待开发。

出生后新生儿的脑重量为 360 克—390 克，是成人脑重的 25%；六个月新生儿脑重为 660 克—700 克，近成人的一半；1 岁脑重量为 900 克；三岁脑重量为 1011 克，是成人的四分之三；七岁脑重量为 1280 克接近成人；十三岁脑重量为 1350 克；成人平均脑重量为 1400 克。

人的聪慧、睿智不在于大脑细胞的个数，而在于脑细胞的作用。人的脑细胞到底有多少个，美国耶鲁大学史蒂文斯（C. F. Stevens）教授指出：“人脑被认为有 1000 亿个神经元组合而成，而脑细胞的个数与我们银河系中的星星数目大致相同。”神经元即神经细胞，是一种特殊类型的细胞，由细胞体、轴突、树突三部分组成，具有接受刺激、传递和整合信息的机能。神经细胞之间的联系是通过突触进行的，突触是控制信息传递的关键部位，它决定着信息传递的方向、范围和作用。有研究结果表明：突触绝大部分分布在神经元的树突和细胞体上，其中尤以树突为多。据估计，人类大脑皮层每个神经元平均有 30000 个突触，这样就构成了极其复杂的网络系统。神经元之间的联系比较复杂，归根到底要靠丰富的外界环境刺激和教育。为孩子创造神经联系的机会，建立有序的条件反射，掌握系统的科学知识，可以有效地发展大脑的网络系统，促进大脑机能的健康发展。

2. 早教是脑神经发展规律的需要

脑神经发育有几个特殊的发展规律，成为孩子生长发育及成熟的天然的驱动力。

（1）　第一个是"关键期"

关键期是指儿童在某个时期最容易学习某种知识、技能或形成某种心理特征，如果错过了这个时期，发展的障碍就难以弥补。这个概念是从奥地利著名的动物学家劳伦兹在研究小动物发育过程中发现的"印刻现象"引入的。"印刻现象"是指小动物在出生后一个短时期，具有很容易生成的一种本能的反应，如追随对象、偏爱对象、对象消失时发出悲鸣等反应。印刻只在小动物出生后一个短时期内反应，劳伦兹把这段时间称为"关键期"。"关键期"持续时间较短，且存在差异，如小鸡印刻的关键期是生后 10—16 个小时；小狗的关键期是生后的 3—7 周；小野鼠的关键期是睁开眼和能听之后的 10 天。如果小猫在睁开眼后的一个短时间内和鼠一起生活，待成年后即使在饥饿状态下也不会吃鼠，小羊生后十天内，如果由人抚养，以后永远不合群。

"关键期"应用到儿童发展过程中主要表现在语言发展和感知方面的发展。

事例

　　1920 年在印度加尔各答附近一个山村里人们打死了一只狼后，在狼穴里发现两个狼孩，大的叫卡玛拉，2 岁；小的叫阿玛拉，2 岁。两个狼孩被送进孤儿院由辛格夫妇抚养。阿玛拉在第二年去世，卡马拉活到 16 岁，但其智力只相当于三四岁孩子的水平。1929 年，辛格在他的《狼孩和野人》一书中，记载了狼孩被教化为人的经过：刚发现时她们的生活和狼一样；卡玛拉经过 7 年教育，才掌握 45 个词，勉强会说几句简单话。

　　德国老卡尔·威特曾经讲过，"教育的威力远比普通人想的强大，如果从孩子生下来的时候（零岁）起，就对他们进行恰如其分的教育，那么，就能把他们培养成智力优秀，才能卓越的孩子。"当具备了必要的物质条件时，环境和教育是孩子发展的重要条件。处于什么环境，进行什么教育将对孩子起到决定性作用。人出生后的头几年是人生最重要的奠基阶段，奠定什么样的基础将影响其终生。如果错过了孩子语言发展的敏感期，教育条件再好，效果也微乎其微。

　　狼孩之后，人们陆续发现过熊孩、豹孩、猴孩以及绵羊所哺育的孩子。这些孩子都具有动物的某些习性，可见关键期的教育会改变人的本能。20 世纪 70 年代又发现了狼孩，人们尚在进一步研究中。

（2）第二个是"敏感期"和"最佳期"

　　敏感期是指儿童学习某种知识和行为比较容易，儿童心理某个方面发展最为迅速的时期，错过了敏感期或最佳期，则学习起来较为困难，行为能力发展比较缓慢。世界著名的教育家蒙台梭利认为，儿童在成长过程中有一种内在的动力，引导着孩子努力达到成熟。这是一种儿童趋向成熟的冲动力，儿童借助着这种内在的敏感能力，去发展自己对复杂环境的反应能力、适应能力。他将敏感期解释为，在儿童生长阶段某时间范围内只对环境的某一项特质专心；所以儿童在这个阶段产生特别的兴趣和主动探索的狂热，直到内在需求得到满足之后才会消失，孩子不需要任何理由对某种行为产生强烈的兴趣，不厌其烦地反复。这样学得快、效果好。

D. 詹夫人解析"三岁看大，七岁看老"

"三岁看大，七岁看老"，这句耳熟能详的古语，几乎每一个人都会说，但其中的深意未必人人都了解。

所谓"三岁看大"，是指孩子的品性开始形成，性格尚未确定的阶段，对孩子的性格还可以进行引导和进化。

所谓"七岁看老"，是指孩子的性格已经固定，今后不会有太大的变化。

所以3—6岁是孩子性格形成的阶段，是对孩子重要的教育时期。

3—6岁的孩子是进入幼儿园的时期，所以孩子在幼儿园时期所受到的教育对孩子而言至关重要。这一时期，应该教给孩子什么呢？

一、首先是归类

0—3岁的孩子还不懂归类。孩子接受的教育只是外界的灌输，还不能进行归类。例：他只能从大人的口中知道鱼、老虎、狮子、乌鸦、老鹰、燕子。却不能总结出来乌鸦、老鹰、燕子同属于飞禽。3岁以后就可以教孩子了。生活中的一切都是可以归类的，类似：颜色、形状、动物、玩具、日用品、食品。孩子可以知道图片上看到过的白菜、萝卜、番茄属于蔬菜类了。

二、适应集体生活

集体生活可以培养孩子继承良好的中华美德。

第一节 礼

尊重师长、与小朋友和睦相处。这就是礼。而且会对孩子的将来产生深刻的社会意义。和睦、和谐的种子在孩子的心中扎根，长大后在社会中如何与人相处便没有障碍，孩子素质的提高，也为以后社会的和谐种下福音。

第二节 爱

爱护公共物品，对小朋友之间的爱。

第三节　信义

对孩子承诺了什么就一定要做到，从小在孩子脑子中输入"信"的概念，潜移默化，"信"深入孩子脑中，成为性格的一个元素。

第四节　规律

从小孩出生以后就要培养小孩生活的规律性。从小孩出生的第一天开始，母亲就要进行哺乳。喂奶时间也要有规律，从有规律的喂奶开始灌输规律的生活。但孩子上幼儿园以后，幼儿园的进餐时间可能会不一样。规定每天4餐，这就是大众规律。孩子要开始适应这种大众规律，因为有从小培养的个人规律作铺垫，孩子对大众规律就不会有逆反心理。

无个人规律，孩子不可能适应大众的规律，如果一个人只执行个人规律，按照个人习惯行事，那就相当于没有规律可循；每个人执行个人的制度就等于没有制度，没有制度的社会就相当于原始状态。所谓家有家规，国有国法，就是从遵守这些小规律开始得以实现。

3—7岁对孩子的教育，类似于把一颗营养健全的种子植入孩子的脑海里，为日后长出茂盛的大树打下基础。

二、早教的发展：孩子未来人生保证的社会意义

早期教育的发展是社会发展的必然

社会的发展，科技水平的提高，人才的匮乏是早期教育得以发展的社会前提。我国是个具有 13 亿多人口的大国，0—3 岁婴儿约有 7000 多万，是世界第一人口大国。我们具有足够的人力，我们如何将第一人口大国转变成为第一人力资源大国，这是个巨大工程，是场深刻的革命，没有捷径可走，必须优化教育，提高人口素质，动员全社会各方力量致力于这项工程。将提高人口素质纳入国家人口计生工作职责范围，建立完善的系统，整合营养、卫生、医疗、心理、教育等多学科的力量，组建跨学科专业团队，作为全社会、全民族的主要任务来抓。乃至深入到每个家庭，落实到每个父母肩上。在国家提供政策论证、科学研究、教育培训等诸多政策、队伍、组织的支持和帮助下，才可使此工程落到实处。

早期教育的发展是人才竞争的需要

全世界人才竞争的激烈，我国经济的飞速发展，人才的严重匮乏，给教育提出了极为严峻的课题，需要加速培养高素质、高能力、高水平、具有世界高科技水平的创造性人才。教育责无旁贷，只有高速度、高质量、源源不断地培养出人才来，才能满足国家社会的需要。

早期教育是开发智力的有效手段

美国芝加哥大学著名心理学家本杰明•布鲁姆综合了一些心理学家对智力测验的研究成果，从不同年龄智商与成熟年龄智商的相关数，绘制了一张个体智力发展曲线图：假如以 17 岁儿童智力发展为成熟智商 100%，4 岁时发展为 50%，8 岁时发展为 80%，12 岁时发展为 90%，13 岁时发展为 92%；从曲线看到儿童智力发展是非匀速的，是不均衡

的，前四年发展快，第二个四年减慢，第三个四年缓慢。说明儿童年龄越小智力发展越快。开发智力必须以知识为载体，在传授知识的同时，发展孩子的能力，早期教育就成为开发智力的重要条件和有效手段。

E. 育子小技巧

孩子100天左右就能看清东西，能集中注意力，在此之前所看到的东西都是模糊的。

首先，要培养他的时间概念，譬如体现在上述的母乳喂养过程中的时间概念。

其次，在孩子离开母体那个黑暗的环境后，要引导其逐步对外界环境进行适应，给予其安全感。同时，孩子周围不能放危险的东西，一定要注意安全，注意孩子的身心健康。此外，最好不给幼儿买毛绒玩具，多买棉布质地的玩具，因为幼儿喜欢把东西往嘴里放，毛绒玩具一则不卫生，二则容易给孩子造成意想不到的伤害。

第三，就是智力培养。正常人的智力都差不多，所以孩子的智商开发得越早，开发率越高。因此，孩子需要多表扬。即使要批评，也应先表扬一下再批评，除非孩子犯了特别严重的错误。而且孩子的年龄越大，越应该注意这点。

父母要多编一些故事，培养孩子的发散性思维。好多伟人，孩提时代并不是很听话，让父母很伤脑筋，父母可能会费很大力气，才能帮助孩子走在通向成功的道路上。

第四，就是礼貌培养。带孩子出去玩的时候，如果孩子要玩别人的东西，要征求别人的同意，从小就教育孩子要懂礼貌。

三、早教让孩子赢在起跑线上

当今世界，美国是零岁教育发展最早最快的国家，既有全国性研究机构在理论上探讨和实践上实验观察；又有全国国民的普遍关注和积极实施，成果非常显著。

那么如何正确理解和把握早期教育呢？

早教应注意的事项有哪些？

（1）早教不等同于教育训练

早教不是单纯的找老师给孩子上课或额外强加给孩子的训练，家长要做到"以情为先"，"以养为主、教养结合"，每天至少花一小时与孩子交流，与他们在生活和游戏中良好互动等。

专家指出，婴儿从出生那刻起，就是有能力的学习者，家长要关注并培养其身体、情感、认知、社会活动能力等。

（2）早教须顺应孩子发展规律

进行早教需要了解不同年龄段孩子的生理、心理特点，顺应孩子的发展规律来进行相关的教育，需要循序渐进，千万不能操之过急，过早的早期教育开发只能提高家长对孩子的期望值，无端给孩子今后

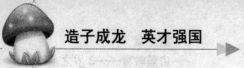

的发展增添压力。因此建议家长谨慎选择对孩子的早期教育模式。

（3）早教应以安全为第一

进行早期教育过程中，家长或教员应以安全为第一。不可为了达到某个课程目的而不考虑安全隐患。

（4）注意早教的方法

首先，早期教育不是学校序列教育在时间上的延伸，不是对某些能力和认知进行提前的教育；其次，早期教育是广义的教育，是生活中点点滴滴无处不在的教育，也就是说，成人对儿童的干预（教育）和实质影响总是不可避免的，不管儿童的带养人有无教育意识、教育理念怎么样、教育方法是否得当，带养人的言行举止都是在对孩子进行教育，将对孩子的行为习惯、思维方式、性格品质和基本价值观产生直接影响。

（5）早教的核心

早期教育的核心不在于具体技能和知识的掌握，而在于儿童心智是否健康成长，在于教育者的教育理念、教育环境和教育方法是否有利于孩子逐步形成独立、积极、稳定、健康的人格、情感和思想。教育的环境、家庭成员的价值观、亲子关系和敏感期发展是0—3岁早期教育的重点。

（6）务必打破"聪明反被聪明误"的桎梏

美国斯坦福大学心理学家刘易斯·特曼对 1440 名天才儿童进行了30年的追踪研究发现，20%的儿童在幼儿期智商很高，长大后却表现平平。另据调查，我国科大少年班的学生，当年都是同龄孩子中的佼佼者，可后来有所成就的却屈指可数。乍看上去，好像正应了那句古话——聪明反被聪明误，细究其中的原因，其实与大人对他们的培养方式不无关系。重智商而轻情商，重学习而轻游戏，重考试而轻磨炼，重否定而轻鼓励……这些都是造成孩子"聪明反被聪明误"的原因。

早期教育为什么能够造就天才？

天才是由孩子智力发育水平决定的。

婴幼儿时期是孩子神经系统发育最快、各种潜能开发最为关键的时期，是进行教育的好时机。早期教育的核心在于提供一个教育营养丰富的环境，对孩子的大脑发育和人格成长进行"激活"，从而为其日后的发展打下一个坚实的基础。

美国科学家在动物实验中发现，对猫头鹰进行早期教育可以使它们的大脑产生持久的生理变化，这样它们在幼年学习到的技能也能持续到成年时期。科学家们引申说，对孩子进行的早期益智教育，也会在他们的脑海中留下永久印记。

研究表明，大脑的发育与年龄的增加成反比，很显然，人生的头几年，是进行快速学习的好时机。因此，在大脑早期发育的最佳时期，要丰富孩子的生活环境，不要等到孩子该上学了才考虑这个问题，那时学习的关键期早就过了。

父母有时会感到，虽然自己有了早期教育的意识，但是却不了解怎样进行早期教育，现行的教育制度已经存在很多年了，整个社会对早期教育的重要性都缺乏充分的认识。因此，一些家长常会说："当我的孩子进入学校，他就会开始学习……"其实，家长的这种想法是错误的。

在人生头几年中，孩子会因好奇心的驱使去学习、探索，并反复练习直到成功地掌握某一技能。但后来当孩子进入学校后，由于学校规范的管理，教学内容的限定，孩子可能会发觉学习非常乏味、枯燥而且不自由（不得不遵守规定，还要承受较大的压力）。这时，父母就要想办法提高孩子的学习兴趣了。

比较好的方法是根据孩子技能的发展状况，为他安排适当的活动，

即进行必要的外部刺激，帮助他找到兴趣点，以培养孩子对学习的兴趣。当然，不能使用太困难或太简单的活动和玩具；不要逼着孩子去追求成功，而应更加关注学习过程的愉快。

孩子需要从小就储存知识信息，培养学习的潜能。未来的学习是建立在早期学习基础之上的。如果您的孩子充满好奇，喜欢探索，他将会发现以后的学习很容易，也很有趣，他也将与那些无早期学习经历的孩子有着天壤之别！

什么样的早教能有效开发孩子智商？

婴儿期主要是运动、感知觉、语言等能力的发展，并开始有了比较明显的无意注意和初步的记忆能力。开发婴儿的智力首先要注意对其感知觉进行训练，用光亮、红色球等刺激视觉，用声音或音乐刺激听觉。妈妈应经常对婴儿说话，以增加感情并促进婴儿大脑的发育。可给婴儿做被动体操，给予玩具抚摸以刺激触觉。婴儿虽不会说话，但有记忆能力，也会做出反应。故随着年龄的增长应增加对婴儿的爱抚，与之谈话，教给孩子人物或物体的名称等。

（1）在正视孩子先天禀赋的基础上，最大限度开发孩子潜能

首先应当承认孩子天赋的千差万别，有的孩子聪明，有的孩子迟钝。假设天生就是聪明过人的孩子，其禀赋为 100 的话，那么比例上占绝大多数的一般孩子的禀赋大约只有 50。如果让所有孩子都得到同样的教育，那么他们的命运就取决于先天禀赋了。但现如今，大多数孩子接受的都是非常不完全的教育，他们的禀赋连一半也不能发挥出来。

教育开始的早晚对开发潜能有巨大影响，倘若能实施可以让孩子的禀赋发挥到九成的有效的早期教育，即使生下来禀赋只有 50 的普通孩子，也会优于生下来禀赋为 80 而没有进行有效教育的孩子。

早期教育是开发孩子潜能最有效的途径。如果对生下来就具备极

高禀赋的孩子施以良好的教育，那他的发展是不可估量的。可惜的是，绝大多数父母只关注孩子的天赋，而不关注对孩子的培养，对孩子一味挑剔、过分要求，最终只会适得其反。正确的早教方法是极其重要的。如果教育不当，且不说禀赋一般的孩子，就是天资卓然的孩子，其智慧也将惨遭扼杀。

这要从儿童的潜能谈起。根据生物学、生理学、心理学等学科的研究，人生来就具备一种特殊的能力、一种潜在的力量。这种能力与力量，就是潜能。潜能潜藏在人体内，表面上无法看出来。比如，一棵杨树，如果有可能长成 30 米高，那么我们就说这棵树具有能够长到 30 米高的可能性。儿童如果能够成长为一个具有 100 能力的人，那么我们就说这个儿童具备 100 的潜能。

每个人都有成为天才的潜能，它绝不是少数人才具有的禀赋。科学证明，儿童与生俱来就具有巨大的潜力，应该说每个孩子生下来个个都是天才。那是遗传基因决定的，科学发现，精卵子一经结合就决定了孩子大脑的结构，其影响作用占 30%—60%，具体所占比例因人而异，以生理遗传最为明显。这告诉我们儿童的潜能是客观存在的，开发的空间是巨大的。这不仅为孩子发展提供了无限广阔的物质前提和发展的可能性，而且还制约着孩子日后发展的方向。

可是，要达到最理想、最大限度并不是一件容易的事。所以，即使杨树具备长成 30 米高的可能性，要真长成 30 米高还是很困难的，一般都要比 30 米低。如果环境不好，则会更差。不过，如果条件适宜，则可以长到接近 30 米。同理，即使是生来就具备 100 能力的儿童，如果完全放任不管，充其量也只能成长为具备 20 或 30 能力的凡人；相反，如果教育得当，那么就可能达到 60 或 70，乃至 80 或 90，也就是说可能实现其潜在能力的六成或七成，甚至八成、九成。

早教的根本目的在于使儿童的潜在能力达到 100%。只要这种潜力

充分发挥，孩子便能做出不平凡的事业。遗憾的是，由于父母早期教育的缺失或者不得当，孩子的这种潜能很难得到充分发挥。这就是为何天才极少的原因所在。如何造就更多的天才呢？最重要的就是及早挖掘、诱导孩子，使其自由地发挥出这种潜在的能力。

（2）根据0—3岁婴儿成长的不同阶段合理进行早教

从孩子牙牙学语开始，家长就可以循序渐进地训练孩子的语言能力。此时婴儿能注意大人说话的声色、嘴型，开始模仿大人发出的声音和做出的动作，这时主要是训练孩子的发音，尽可能使其发音正确，对一些含糊不清的语言要耐心纠正；在训练孩子发音说话时，引导孩子把语音与具体事物、具体人物联系起来。经过多次反复训练，孩子就能初步了解语音的意思。如孩子在说"爸爸"、"妈妈"时，就会自然地把头转向爸爸或妈妈，再经过一段时间的训练，就会有初步的记忆，看到爸爸、妈妈时就能发出准确的语音。

给以合理的外界刺激促进婴儿动作的发展。如4个月左右的婴儿喜欢用手玩弄胸前的玩具，家长可在3个月时，在婴儿床的上方悬挂一些玩具，使孩子的双手能够抓到，这样就可以锻炼他们手眼协调能力。八九个月的婴儿俯卧时能用双膝支撑着向前爬，家长可在孩子六七个月时就开始设法为孩子创造爬的机会，如放一两件玩具在孩子前方吸引他向前爬，以促进动作的发育。

婴儿时期，孩子的情绪和情感也在发展，应多给予爱抚和笑脸以培养良好的情绪和情感。父母和颜悦色、反复多次的爱抚语言还能促进婴儿大脑的发育。

早教的最终目标是什么？

我们说，要明确早教的最终目标，即"为成才而聪明"。

天下家长没有哪一个不希望自己的孩子聪明绝顶。追求聪明无可厚非，但决不能盲目， 否则将事与愿违。在教育孩子之前，家长首先要学的就是明确教育目标，因为教育风向标的 方位不正确，任何教育行为都是徒劳的。

培养一个聪明孩子的目标是：不为眼前的聪明而聪明，要为成才而聪明。家长应该明确，教育孩子不是止步于高分数、好大学，因为这些在一个人才辈出、大学 扩招、就业紧张的时代，已经太微不足道，不足以成为孩子未来的竞争力。家长一定要把眼 光放得长远些，放到孩子整个人生的成功与幸福上。只有明确这一点，才能有正确的教育举 措，从而收获美好的果实。否则，孩子有意义的生命恐怕只能缩短至前面的十几、二十几年，然后就不得不继续那个令人遗憾的轮回，也就像上一代人那样，自己人生不得志，只好无奈地再把梦想寄托到下一代人身上。

（1）拒绝呆板的聪明

什么叫呆板的聪明？读读下面这则小故事你就会知道。

事例

有两个男孩是好朋友，其中一个叫聪聪，一个叫默默。聪聪聪明伶俐，学习成绩优异。默默则沉默寡言，学习成绩不是很好。一天，聪聪和默默相约到森林里玩。突然，一只斑斓猛虎出现了。聪聪当即准确算出 17.3 秒后老虎将会追上他，于是大惊失色地对默默说："只有十几秒了，怎么办？"默默边蹲下身系紧鞋带边说："跑！"聪聪冲默默大喊道："咱们跑得过老虎吗？"默默说："跑不过。但我跑得过你！"说完拔腿就跑。

读过之后，我们不该思考点什么吗？其实，这个故事恰如其分地

97

映射了标题中所说的"呆板的聪明"。抛开道德层面的意思不谈，我们暂从智力因素的角度看看聪聪和默默谁更聪明。如果用智商和成绩作为衡量聪明的标准，聪聪是聪明的，可他的聪明仅限于能考个好分数，却缺乏创造力和实践能力，同时也缺乏自信、冷静、果断等品质。这个小故事告诉我们：第一，教育孩子可以以成绩作为一定依据，但不可止于考试和智商测试，否则势必耽误像聪聪这样的孩子的前程；第二，切勿把智商和成绩作为衡量聪明的唯一标准，那样对有些孩子（例如对默默）不公平，也会迷惑另一些孩子（例如聪聪）。

　　家长们往往不知道，量化的、看得见的"聪明"通常是聪明的假象，真正的聪明在孩子成长的初期往往是不露痕迹的。看得见的"聪明"可以用来当做与人攀比、满足虚荣心的工具，却仅此而已；在短期内不易察觉的、内在的聪明才有可能是对孩子智力发展起决定性作用、能支撑孩子走得更长、更远的聪明。比如，识字比阅读更方便向人展示，但后者对孩子智力发展的意义更大。与其认识 2000 个汉字，不如看图复述一个完整的故事；单词比交流更方便向人展示，但后者对孩子智力发展的意义更大。与其会说 100 个单词，不如实现一次真正的交流；数数比认数更方便向人展示，但后者对孩子智力发展的意义更大。与其倒背如流数 100 个数，不如实实在在地建立 3 个数的概念。

（2）家长要务实，要从长计议，培养孩子的优势智慧

　　家长必须摒弃攀比的心态和急功近利的心态，高度关注那些潜藏的、隐性的、直接影响智力发展的因素。例如：感知觉的发展、交流的能力、运动的能力、阅读的能力、思维的水平等。否则，恐怕就要应了那句古话，"小时聪明，大时未必！"

　　让孩子发挥智力优势。智力是多元而非单一的，它不是一种而是一组能力，主要有八种：语言智力、数学逻辑智力、空间智力、身体运动智力、音乐智力、人际智力、自省智力和自然观察智力。每个人

生下来都拥有这八种智力，但这八种智力的发展是不均衡的，只有极少数人在所有的或大多数智力领域中都具有较高的水准，绝大多数人则是某些智力发达些，某些智力差些，且每个人的智力优势组合也都各不相同。八种智力造就了千万种智力水平迥异的孩子，每个孩子都各有所长，各有所短。假如以己之短比人之长，天才也会变成傻瓜。例如，让文学巨匠莎士比亚与爱因斯坦比物理，那么莎士比亚看起来就可能是"无知"的；反之，如果让爱因斯坦写出剧本与莎士比亚较量，那么爱因斯坦恐怕就不再是那个拥有最聪明大脑的人。

 事例

　　大森林里有一所动物学校，开设了长跑、游泳、爬行和飞行科目。小兔子、小鸭子、小松鼠和小鹰都到这所动物学校上学。学生们各自都有擅长的一门科目，也都有"拖后腿"的科目。家长们为了不让自己的孩子掉队，纷纷给他们报了各种补习班。于是放学后，小兔子苦练游泳，小鸭子苦练飞行，小松鼠苦练长跑，小鹰苦练爬行。一年后，小动物们的弱势科目都有了进步，但优势科目却都大幅度退步。

　　这个故事听上很可笑：兔子天生就是赛跑的料，为什么要强迫他去游泳？现实生活中的许多家长不也常犯同样的错误吗？总盯着孩子的弱势而忽视孩子的优势，殊不知孩子本身并不差，只是在他的弱势被夸大和过分关注的同时，他的优势（即禀赋）不幸被悄悄地埋没，受教育的空间也变得看似广阔其实狭小起来，最终只能以千篇一律的平庸告终。所以，作为家长，在布局孩子的前程时，千万要三思而后行，切勿一味以世俗的标准左右孩子的命运。盲目效仿别人，用自己的价值观想当然地决定孩子的发展方向并摆布他的人生，这种丢了西瓜捡芝麻的做法得不偿失，非但不能把孩子培养成才，反而会葬送孩子的幸福和快乐。

别忘了，爱因斯坦之所以是最聪明的爱因斯坦，莎士比亚之所以是闻名于世的莎士比亚，只因为他们都将自己的智力优势在恰当的领域发挥到了极致。

第四节 亲子教育

精点导航

了解亲子教育的对象、内容、目的

了解亲子教育的方法

亲子教育是早教最重要的一部分，是以亲缘关系为主要维系基础的，根据我国特有的家庭状况，这种关系被扩展为所有与幼儿密切接触的人——看护人与幼儿之间的关系，从而形成看护人与幼儿之间的以互动为核心内容的"亲子关系"。所以，"亲子教育"是以爱护婴幼儿身心健康和开发婴幼儿潜能以及培养婴幼儿个性为目标，以不断提高新生人口的整体素质为宗旨的一种特殊形态的早期教育，主张"能者为师，互相尊重，坚持真理，尊重科学，尊重真理"。

以前人们通常认为，3 岁以前的孩子什么也不懂，只要让孩子吃饱、穿暖就行，根本不需要教育。随着科学和社会的发展，一些年轻父母越来越清醒地认识到：0—3 岁是人生发展的奠基时期，但他们对如何帮助孩子打好基础却茫然不知所措。为此，我们强烈呼吁：童年只有一次，成长不能重来。面向 0—3 岁婴幼儿，推行亲子教育势在必行。

一、亲子教育定义

亲子教育（Parent-child education），是 20 世纪末期开始在美国、日本和我国台湾等地兴起的一种新型教育模式。在这里，"子"是指孩子，"亲"就是指孩子以外的家庭成员，主要指孩子的双亲。亲子教育不

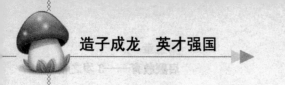

同于我们通常理解的以家长为中心的"家庭教育"和以儿童为中心的"儿童教育"，其核心内容是父母与其子女相互尊重、共同教育、一起成长。

亲子教育的对象

亲子教育不是单纯的家庭教育，也不是传统的园所教育，"亲"与"子"两者都应该受到教育，而母亲在教育中的地位尤其重要。

亲子教育的内容

亲子教育强调的是社会修养、知识教育、能力素质、与情感性格四者合而为一，而不是单纯的知识传输。

亲子教育的目的

亲子教育的核心目的，即培养孩子的创造力和灵性。

创造力和灵性之间是有联系的。这里的"灵性"指的不是某种宗教信仰，而是人类的精神，我们的根源。拿破仑·希尔把它称为"无穷的智慧"。拥有创造力即意味着放松身心，进入自己内心的这一境界之中，运用所谓的"无穷的智慧"。这是我们每个人都拥有的天赋，它有待于去发掘。每个人都是拥有才华的生命个体，因为我们都能够汲取相同的无尽之源。从创造力出发，我们拥有的是一片丰裕的土壤，不存在任何束缚。只有当我们从竞争的角度考虑时，限制和短缺才会被考虑进来。

人本身就是一个具有创造性的个体。然而，通过实践，人可以变得更加娴熟，或者更深入地理解围绕在身边的创造能量，这种能量，是在任何时候都可以无限汲取的。它是能力的源泉之一。

"亲子教育"推行从0岁开始教育的观念，强调全程教育，全程发展，尤其注重3岁以前的早期教育，其目标是实现普通儿童的理想发展。它将游戏活动作为主要教育手段，教学活动遵循0－3岁婴幼儿的身心发展特点设计而成。有助于提高家长的科学育儿水平，实现幼儿学习、家长培训的指导思想，形成教师、家长与幼儿进行互动游戏的教学模式，目的是通过亲子间的互动游戏使孩子得到良好的发展，使家长成为合格的教育者。但人一生中的亲子关系的好坏取决于亲子互动是否成功，同时人一生的幸福指数高低也与亲子关系和谐程度成正比。亲子教育就是要通过家长参与到孩子的教育中，实现孩子潜能的最大开发。

二、亲子教育的有效方法

亲子教育不仅仅是教师向父母传播育儿知识与方法的单向度的传授方式，更是父母、孩子、教师之间的相互的、对话的、生活化的、感性的教育方式。

一提家庭教育，我们就知道是家庭中的长者对孩子的单向教育，父母是家长，具有威严的、不可侵犯的地位。亲子教育给人的感觉则亲切、温和得多，它强调父母、孩子在平等的情感沟通的基础上进行互动，而且亲子教育涵盖了父母教育和子女教育两方面内容。它通过对父母的培训和提升而达到对亲子关系的调适，从而更好地促进儿童身心健康、和谐发展。

当代年轻的父母们，在成为父母之前并没有接受过教养子女的专业训练。现阶段家庭教育中普遍存在的重婴幼儿智力开发，轻个性、情感和良好习惯的培养；对孩子过多限制、过度保护导致许多孩子自理能力差，自主性差；因为都是独生子女，导致婴幼儿缺乏一起交流玩耍的伙伴；有些家庭隔代抚养或请保姆照管孩子，导致家庭亲子关系生疏……所有这些问题都与父母的教养素质有关，所以现在许多教育工作者提出，儿童教育的重心应由儿童本身移向与儿童成长密切相关的关键人身上。因此，要培养健全的儿童，首先父母就应转变教育

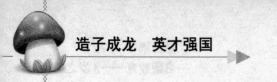

观念，提高教育能力，并掌握有效的教育方法。亲子学校和亲子园给出的教育方法五花八门，在这里我们说的，是广义上的、"放之四海而皆准"的方法。

🍃 多给予孩子鼓励与尊重

读懂孩子这本书，其实并不是一件很高深、很困难的事。重要的是，做父母的是否有一颗平等的、尊重孩子的心。虽然父母不可能都成为儿童心理学家，但是，完全可以尝试凡事都设身处地地站在孩子的角度去想一想。调查发现，大多数家长是赏识自己的孩子的。我们相信，有了对孩子的这种尊重和爱，孩子就有了快乐的源泉，就会把家长当作真正的朋友，愿意和家长分享他的欢乐，分担他的忧愁。

我们如何激励一个孩子呢？首先，我们应该坚信每个孩子都有优点，当然也都有缺点，这是一个最基本性的评价；其次，要发现孩子身上的才能和亮点；第三，创造一个鼓励性的环境，给孩子定一个切合实际的目标和要求。总之，要在激励的同时看到不足，在批评中给予鼓励。

家长的赏识能带给孩子自信，而自信正是一个人成功的基础。家长们都希望自己的孩子拥有自信，但自信心不是凭空就有的。

比尔·盖茨三岁时，他随妈妈一起去参加公司的董事会，他看到董事长汤姆·华森的气度和风范后，在回家的路上，郑重其事地对妈妈说：妈妈，长大了，我也要像汤姆一样，当总裁。妈妈一听，立刻意识到教育儿子的机会来了。于是，她说："儿子，你的想法非常好，我坚决支持，但当董事长要不要学习好呢？"小比尔说："当然要。"妈妈又问："要学习好从什么时候开始呢？""从现在开始。"于是，小比尔花了六年的时间读完了百科全书，这为他后来的事业打下了良好的基础。

简单的几句话，从比尔妈妈的口中说出，对当时年幼的小比尔来说，无疑像是一剂强心针。他为此倍受鼓舞，而且自信满满地向着心里的那个目标进发。

注重培养孩子的性格

性格决定聪明的成就。聪明是成才不可或缺的因素，但却不能确保成才。爱因斯坦曾说过："智力上的成就很大程度上依赖于性格上的伟大。这一点几乎超出人们通常的想象。"那么什么是性格上的伟大？是快乐、兴趣、好奇心、自信……在某种意义上，性格因素甚至比智力因素更能决定一个人的人生。

先来做个选择题。根据下列陈述，从 A、B、C、D 四个选项中挑出一个你认为最可能 有所成就的孩子。

A. 被誉为"数学神童"，13 岁考上牛津大学主攻数学。

B. 作业总是很不工整，考试从没进过前十名。

C. 淘气好动，总是闲不住，经常搞破坏。

D. 笨手笨脚，五岁才会说话。

那么，这四个孩子到底都是谁呢？

A——二十几岁沦为妓女的"数学神童"索菲亚；

B——著有《时间简史》的霍金；

C——一生有 2000 多项发明的爱迪生；

D——写出《相对论》的爱因斯坦。

有点出乎意料吧？

如果把智力因素比做操作系统，性格因素就是一个动力系统，对孩子的活动起着定向、引导、维持、强化等作用。对于孩子的成长，作为操作系统的智力因素，每时每刻都起着重要作用；而作为动力系统的性格因素往往在起决定性作用！被同学认定永远不能成才的霍金，却成为一代物理大师，因为他有着对物理的情有独钟和执著追求；调皮捣蛋的爱迪生多年后成为硕果累累、无人能及的大发明家，因为他那不可抑制的好奇心和探索欲；从小并不出众，甚至智力发展有些滞后的爱因斯坦最终惊世骇俗、名垂千古，因为他对科学世界永无止境的浓厚兴趣；而13岁考上牛津大学的"数学神童"索菲亚，长大后却碌碌无为，甚至自甘堕落，因为不堪重负的脆弱心理。

原本智力并不出众的孩子，借助非同寻常的兴趣、好奇心等性格因素，一步步登上了科学的高峰。在这个攀登的过程中，他的大脑一次次地得到有效训练和有益刺激，从而越用越灵活，慢慢地就变得智力超群、聪明过人，不朽的行为造就了不朽的大脑。相反，原本智力超常的孩子，因为缺少积极的性格因素这个强有力的后盾，渐渐地使聪明的大脑闲置起来，智力的优势一点点退色，最终走向平庸；当消极的心理打败自己后，便坠入堕落的深渊。

可见，性格因素既能助长智力，亦能摧毁智力。培养孩子，要重视他（她）智力因素的发展，尽最大可能开发他（她）的大脑潜能。但是，无论科学怎样发展，快乐、兴趣、好奇、自信等性格因素对成才以及幸福的人生起着至关重要的作用，是亘古不变的真理，对于它们，我们必须要像重视智力因素一样地高度关注，切不能顾此失彼。因为，我们追求和期望的不是一个短期内的神童，而是一个能够活学活用、勇于开拓进取、勇于创新、善于变通、不懈努力、健康快乐的孩子。对这样的孩子来说，成功只不过是水到渠成的事。能够铸就孩子成才的聪明，才是家长想要的聪明，社会想要的聪明，时代想要的聪明，当然，也是孩子自己想要的聪明。

加强对孩子创造力的培养

培养孩子的创造力是亲子教育的重要目的。创造力是人类所特有的。无论是从钻木取火的远古到科技迅猛发展的数字化的今天，还是某一个人从一篇小小作文中的脱颖而出到事业生涯里的成功，无一不与创造力有着紧密的联系。创造力是知识、智力、能力、优良的个性品质以及千金难求的灵感等多种复杂因素的综合体，是人类文明点滴进步的驱动力，是一流人才和平常人的分水岭，是思维的最高水平，更是培养一个聪明孩子的最高标准。然而，孩子的创造力如何培养？其实，创造力并没什么奥妙玄机，它是智力结构的重要组成部分，是每个人都具有的。正如佛罗里达州教育咨询服务专家波肯女士所说："创造力在婴儿早期就开始展露了。"孩子天生具有创造的潜质，例如做一次"鬼脸"就不失为一次创造。尽管在他接下来整个成长的过程中，创造力需要不断培养，但是，家长切不能忽视的一点是：孩子的创造无时无刻无处不在进行，孩子身上"原生态"的创造往往最为宝贵，呵护孩子"原生态"的创造力就显得尤为重要。

1. 原生态创造力

下面几个生活情境可以清楚地反映出：孩子创造的火花是如何在刚开始燃烧时就被无情扑灭的。

事例

情景 A

幼儿园的课堂上，老师问："雪融化后是什么？"

孩子："雪融化了是春天。"

老师："不对！雪融化了是泥水。"

情景B

正在上幼儿园的女儿："妈妈,您知道苹果里面有什么吗?"

妈妈："苹果里面有又甜又水灵的果肉,吃到最后还会剩下果核。"

女儿："苹果里面有星星!"

妈妈："净说傻话,星星在天上,怎么会在苹果里呢!"

情景C

下了美术课的儿子："妈妈,看我今天画的画!"

原本喜笑颜开的母亲见儿子画了漆黑一片的东西,眉头顿时蹙了起来："花那么多钱就学会了画这个?"

儿子："妈妈,您听我讲嘛……"

妈妈："不用讲了,下个月不去学画画了!"

小男孩要告诉母亲的是："我画了一个漆黑的夜晚,伸手不见五指,动物园里的猴子趁着管理员睡着了,正在逃跑。"

---

2. 正确引导

看看美国的母亲是如何做的吧:

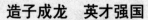 事例

二十几年前,美国一位母亲将一位幼儿园老师告上了法庭,原因只是这位老师教自己的女儿认识黑板上的圆圈是"零"的意思。这位母亲上诉的理由是:老师残酷地剥夺了孩子创造的权利,在被告知圆圈为"零"之前,她本可以认为它是一个纽扣、泡泡、眼睛……

这是一件真实的事，曾在美国教育界引起轩然大波。孩子的母亲虽不免有些极端，但提高教育的质量有时确实需要点儿勇气，告不告上法庭暂不讨论，可没这点儿打破常规的勇气 是很难助长创造力的，因为创造活动本身往往就是打破常规、独辟蹊径。

其实，要在生活中找这样的例子也不难。聪明的家长更愿意给孩子一点自由、一点发挥空间。

沙滩上，一位母亲和小男孩一起玩沙子。

小男孩正在用漏斗往瓶子里装沙子，他先用小铁铲盛满沙子，接着用指头堵在漏斗口，缓缓地把漏斗挪到瓶口，好让沙子流进瓶子里。虽然小男孩使劲用指头堵着漏斗口，但沙子从漏斗口漏下的速度很快，每次对准瓶口时，沙子剩得都不多。

小男孩并不泄气，不厌其烦地装着沙子，倒着沙子。

小男孩在一次次反复中终于想明白了。这回，他先把空漏斗口对准瓶子，再用小铁铲往漏斗口里倒沙子，沙子没再往外露，很快，瓶子就装满了！

这时，他身后一直默不做声的妈妈按捺不住喜悦的心情，高兴地给儿子鼓起掌来。这位妈妈没有因为孩子一开始的行为太过愚蠢而横加干涉，从而让孩子自己想办法解决问题。

一点儿自由、一点儿肯定，对于家长来说是那么地轻而易举，可对于孩子又是那么的难能可贵！给孩子一个可以让他勇敢、自由、自信地发挥、创造的空间吧！当你急着快点儿回家，孩子却老是磨磨蹭蹭地找影子玩时，别抱怨他不懂事，总长不大——因为，形态各异的

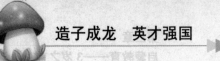
影子或许正被孩子当成天上飘动的乌云或是快乐飞翔的小鸟；当孩子执意要把太阳涂成蓝色时，别因为担心他的认知错误而忙于纠正——因为，难道蓝色不会是孩子想象中海里太阳的颜色吗？

为孩子营造一个良好的环境

优秀的种子需要肥沃的土壤，聪明的孩子需要良好的环境。下面这个有趣的心理学实验使我们不难看出环境对于智力发展所起的作用非同小可。

心理学家把四只出生不久的老鼠分成了两组，A组老鼠有三只，B组老鼠则只有一只。A组老鼠所生活的笼子里面有各式各样的玩具，B组老鼠生活的笼子里面只有少数几样玩具。几个月后，心理学家发现，A组老鼠比B组老鼠具有更多的神经键（神经之间的连接点，会随着神经纤维链的增加而增加）。有研究证明，神经键的数量与智力有很大关系。这就是说，生活在相对"优越"环境中的A组老鼠比生活环境差一些的B组老鼠更聪明。

另有其他研究也证明了环境与智力发展的关系。罗马尼亚孤儿发育过程项目的研究人员证实：那些在条件严重缺乏（如缺乏与成人的交流、恶劣的饮食和缺乏刺激等）环境下长大的孩子，和那些生活在条件丰富的环境中的孩子相比，有较小的、欠活跃的大脑；哈佛大学社会学家们在对芝加哥郊区2000名6—12岁儿童进行的长达7年的调查、分析中发现，在良好环境中成长起来的孩子学习成绩更好，智力水平更高；相关科学研究还表明，儿童在常规的环境中生活，大脑的各部分神经细胞按一般的速度发育，若外界的适宜刺激更加频繁、强烈，脑神经细胞的发育速度就会更快，并趋于完善。

可见，好的环境对培养一个聪明孩子的作用十分重要。因此，给孩子创造一个好环境事关重大。　什么样的环境是有利于孩子成长的好环境呢？作为孩子第一所学校也是最后一所学校的家庭，其扮演的环境角色对孩子的成长，尤其是对其智力发展的作用举足轻重。这个环境绝不是指简单地用钱包装出来的环境，而是用"心"营造的环境。

不论家庭的经济状况如何，有"心"的父母都能给孩子创造一个无比"优越"的环境： 一个随时随地能读到书的环境——没有书，孩子无法步入知识的殿堂；一个可以痛痛快快"摸爬滚打"的环境——没有活动的身体，就没有活跃的大脑；一个能够无拘无束畅谈所想的可交流的环境——没有交流，孩子不仅会变得沉默，而且会变得木讷；一个充满理解、鼓励和尊重的环境——没有理解、鼓励和尊重，孩子不会具备快乐、自信这些宝贵的性格因素，并有可能成为断送成功的"致命因素"；一个能够激发兴趣、好奇心和探索欲的环境——没有兴趣、好奇心和探索欲，孩子注定一事无成；一个家庭成员间感情和睦的环境——没有温馨、和睦的家庭氛围,孩子的智力发展会失去安全、积极、健康的心理保障；一个有以身作则的父母作为榜样的环境——不爱动脑、不好读书、不求甚解的父母,不可能培养出才思敏捷的聪明孩子……

说得形象一点儿，如果把环境比喻成一座房子，这座房子里面理想的情境应该是这样的： 卧室里、客厅里、餐厅里甚至是卫生间里，到处都有触手可及的各种图画书、故事书、百科全书……有一整面布满涂鸦作品的墙， 一个不用害怕磕着、 碰着的可以尽情玩耍的空旷角落和一个装满各种玩具（买来的、自制的）以及瓶瓶罐罐的大箱子。在这里，无论是优美欢快的歌曲声，还是朗朗的读书声，抑或是激烈的讨论声，都是一曲曲别具一格的音乐。而大人们偶尔的一句亲切的话语、一个温暖的微笑、一个赞许的眼神则构成了这座房子里最美丽动人的风景。这就是孩子成长的好环境。

有首歌唱得好："丢下一粒籽，发了一棵芽。"没有哪一粒种子是不会发芽的，那些没有 发芽的种子只因丢错了土壤。培养一个聪明孩子就像栽培种子，种子需要山坡、需要田野、 需要草原……而成长中的孩子比任何一粒种子都需要更富饶、更广阔、更包容的土壤，从而使各种智力、创造力以及兴趣、自信等，得以发芽、成长。

亲子教育的意义

结合3岁前儿童认知发展的特点与需要，将日常生活教育、感官教育、语言教育、数学教育、科学教育及艺术教育内容，以各种有趣的游戏活动形式和幼儿的自主操作活动相融合，使儿童生命本身具有的潜能得到激发。

幼儿期是人类创造性能力的第一个开发高峰期，这个时期是人类的感知觉、感情发展的最佳关键期。只要着眼于育人这个根本，发展儿童的想象力、创造力和树立自信心，培养与他人团结合作的意识，就能不仅为孩子日后的学习打下良好的基础，更重要的是能够挖掘和发展孩子们的各种潜能素质，造就适合当今世界需求的人才。

导入教育——3—7岁（幼儿园时期）

"性格及价值取向在7岁前就决定了大部分，以后也很难改变。大多父母却往往忽略了孩子这段最重要的时光，或不知应从哪里下手。"

"3岁看小定智商，7岁看老定情商，3—7岁是儿童教育的关键阶段。人不能选择父母，故七分靠天定，三分靠打拼。但是你若以二十分的诚意，就可以换取上帝手中那七分的命运。"

——詹博士感悟

第一节　导入故事

精点导航

在7—12岁应致力于培养他的"灵气"，即"七灵魄——感、痴、奇、象、怪、灵、善"；

在7—18岁，尤其是12—18岁阶段应致力于培养他的"阳气"，即"七阳魄——仁、义、礼、信、忠、孝、勤"；

在18—22岁应致力于培养他的"阴气"，即"七阴魄——惑（说服力）、谋（谋略）、胆（胆识）、绝（狠绝）、战（好胜心）、霸（霸气）、变（变通力）"；（第二册待续）

以上这些基本素质，需要在3—7岁就奠定基础。

　　对于3—7岁的孩子，要进行的是基础教育阶段，应以品德教育为核心，开始为孩子输入灵气、阳气。同时进行性格定向培养，也就是性格与志向培养，主要指注重培养孩子的情商，并使之学会集体生活。父母应每天给孩子讲 3 个故事，3 年先讲 1000 个故事，每个故事重复3 次，故事内容就是关于灵气、阳气体现，以后的章节会讲到。

　　情商（Emotional Intelligence Quotient），简称 EQ，又称"情绪智力"，汉语意思是"情绪智慧"或"情绪智商"，是近年来心理学家们提出的与智力和智商相对应的概念。它主要是指人在情绪、情感、意志等方面的品质。总的来讲，人与人之间的情商并无明显的先天差别，更多与后天的培养息息相关。简单来说，EQ 是一个人自我情绪管理以及管理他人情绪的能力指数，与智商受遗传因素影响较大不同，情商更多地受后天因素的影响。

　　按照造龙计划，孩子在7—12岁应致力于培养他的"灵气"，即"七灵魄——感、痴、奇、象、怪、灵、善"；在7—18岁尤其是12—18岁阶段应致力于培养他的"阳气"，即"七阳魄——仁、义、礼、信、忠、孝、勤"的培养。以上这些基本素质，需要在3—6岁就奠定基础，因为7岁以前是人生很重要的一个时期，其习惯、知识、技能、语言、思想、情绪等方面的形成，都依赖于前期的定向培养。也就是说，这一切培养是决定孩子将来人格、体格的重要因素。本章以"三界论"为理论导向，全面阐释其精神实质；并根据这一年龄段孩子的特点，将上述相关要素寓于一些生动形象的小故事中，旨在让孩子们在喜闻乐见中受到教育，打造高情商。

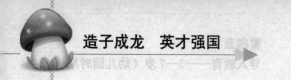
第二节　詹夫人育子妙招

精点导航

詹夫人育子心得：

激发孩子成就感

调动孩子潜意识、激发自豪感

促使孩子主动适应集体生活

寓教于安全游戏，培养礼貌品行

遵守规矩，具有良好生活习惯

寓理性思维于形象化故事中，锻炼孩子的智商和情商

要点： 进行品德教育，性格和志向的定向培养；3-7岁可以奠定基础，为促进习惯、知识、技能、语言、思想、情绪的形成和发展做好铺垫工作

　　詹夫人认为：3—6岁是对孩子进行基础教育的阶段。这个阶段应该致力于培养孩子的智商和情商，激发其学习的成就感、自豪感，并培养其良好的生活习惯和集体观念。

牺牲父母的快乐，激发孩子成就感

现实生活中，孩子有成就，往往是家长的快乐，却忽视了培养孩子的健康心态，没有孩子的成就感存在。

综观天下"神童"毕竟为数不多，且现实生活中有很多所谓的"神童"，由于引导不当，后来都逐渐流于平庸。也有很多伟人，孩提时代并不是很听话，也不快乐，几乎是生活在悲惨故事中，幸福和快乐一直远离他们，但他们所作出的贡献却是全人类共享的。尤其是其中有的伟人虽然功成名就，但由于心态不健康，导致悲惨命运一直伴随他们终生。当今时代不同了，生活中大量事例表明，很多智商高的孩子，却让父母很伤脑筋，甚至有的最终因绝望而自杀，有的走向犯罪道路。由此可见，使孩子拥有健康心态尤为重要。为此，家长只有牺牲自己的幸福和快乐，要费很大力气，才能帮助孩子走向健康成长的道路，才能换取孩子的成功与成才，也才能使孩子感觉幸福和快乐，并激发其成就感。

调动孩子启蒙阶段潜意识，激发其学知识的自豪感

基础教育阶段，应从认识图形、颜色、数字入手，培养孩子时间观念，激发其潜意识。因为在此前的启蒙教育阶段，相关的潜意识以及诸如卫生习惯、时间概念等已经得到培养；这个阶段则致力于把它们转化为知识，调动起原有的潜意识，并使之产生学习兴趣，激发自豪感。这些知识性的东西，最好是由老师来教。如果在启蒙教育阶段，家长就把这些概念性的东西作为知识传授给了他，此时他会缺乏学习兴趣，老师也不会表扬他，他也不会有自豪感。家长要做的，就是如何配合老师，鼓励鞭策他，完善这些知识。

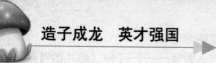

主动带孩子走出去，适应集体生活

带孩子出去的目的，不仅要使孩子逐步适应集体生活，也要学会和小朋友分享快乐。为此，3岁以上的孩子，可以带他走出去。譬如可以去沙地里玩，为他准备一个小桶，怎么玩任他自由想象。但需要注意的是，如今的孩子大多自我意识强烈，必须刻意培养他的集体观念与合作意识。如果孩子要用别人的东西，一定要请示家长，并征得人家同意；他若不知那是谁的东西时，应告诉他，并指出那不是你的东西。至于他的东西给别人玩，可由他自己决定，而不是由父母决定，但前提必须是大家一起玩。

寓教育于安全游戏中，培养孩子从小懂礼貌

孩子游戏时，最好由家长陪他一起玩。游戏中，无论教他学会什么技巧，家长必须先学会，先做好，就像老师教课一样。为保证安全，最好不给幼儿买毛绒玩具，多买棉布质地的玩具，因为幼儿喜欢把东西往嘴里放，毛绒玩具一则不卫生，二则容易给孩子造成意想不到的伤害。如果孩子和其他小朋友一起玩时，一定要注意家长和孩子在大众面前的形态；对于自己爱打人的孩子，他打别人哪里，家长也打他那里，不是要真的打，而是也要让他感觉到疼痛。也就是从小就教育孩子懂得尊重他人，要有礼貌。

家长立规矩守承诺，培养孩子良好生活习惯

这个年龄段的孩子，见到喜欢的东西多会吵闹着要；绝不能让孩子当街和家长吵闹，也不能养成孩子乱要东西的习惯。家长承诺一些节日或孩子生日给他什么礼物，一定要兑现，而且注意因势利导：譬如圣诞节、儿童节，可以说圣诞礼物是圣诞老人给的，儿童节的礼物是爸爸、妈妈给的……否则，即使孩子再闹，也不要理他，实在不行

就离开，但要在一旁默默关注他。

❀ 寓理性思维于形象化的故事中，锻炼孩子智商和情商

孩子喜欢听故事，听故事可以启发孩子的好奇心，培养孩子的综合素质，让孩子在单纯的儿童世界里快乐地生活。为此，父母要多编一些故事，培养孩子的发散性思维。那些耳熟能详的故事最好不要讲完，因为不要让有些故事中悲剧性的结局误导他，使他认为这个世界是骗人的。重要的是通过讲故事，告诉他日常要做的事情，譬如讲长鼻子匹诺曹的故事，是告诉他说谎话不好，等等；要告诉他应该怎么做，让他认为故事中的人物是真实存在的。太深奥的故事则尽量不要涉及。甚至可以随时随地以身边的小事来教育孩子。

第五章

龙的锻造—— 7—18岁（中、小学生）

"7岁看老，12岁定灵性。"

"何谓幸福人生观？我认为人人都为幸福而活，而幸福的感受则是认为自己活得有价值。那么如何体现这种价值呢？是因为你对他人和社会有用，是要让你身边的人都认为你有价值，都需要你的帮助；这就是你价值的根本所在，也是你幸福的真实感受。"

"灵气与创造力的培养就是致力于打造孩子感、痴、奇、象、怪、灵、善之七魄，进一步形成特长（诸如琴、棋、书、画等才艺），拥有一技之长。"

——詹博士感悟

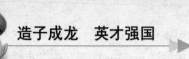

7—18 岁的青少年时期，是品德与创造力培养阶段。这个阶段应该致力于培养孩子的智商和情商，激发其学习的成就感、自豪感，并培养其良好的生活习惯和集体观念。

🍄 思想品德培养至关重要，应成为孩子学习主课

虽然眼下的学校教育都公认"德智体美劳"全面发展，但鉴于"应试教育"的现状，其实"德"并未放在首位或作为核心。衡量一个学生，老师往往见他"语数外"等几门主课成绩好就满意了，误以为"品德"课很简单，便没有列入重点课程。其实，大量事实证明，没有良好的思想道德和健康的心态，即使学习成绩优秀，将来也难以为社会所用。因此，思想品德课的内容，建议教育决策部门把它作为教育核心，至少将小学的"思想品德"课作为主课，老师也应该要孩子们背下来，并深入理解，为此也要作为主课来参加期末考试。而在该建议在目前还没有成为现实的前提下，做父母的对此则一定要有足够的重视。

🍄 控制孩子零花钱，教他自己支配，学会理财

从小学会理财。让孩子小学的时候就会自己买东西，以训练他的理财方式。例如，可以每次按一定标准给孩子一周的零花钱，让孩子自己去合理支配，把钱花在自己最需要的地方，剩下了就归他自己，可以作为储蓄。若家长没钱，孩子肯定不会乱花；但即使家长有钱，也要对零花钱进行必要的控制。因为孩子不懂钱的来之不易，也不知它的价值，自己不会控制花钱，而是见什么就要买什么。因此，不能一味迁就。这样一来，有时孩子买书，会设法和同学分着各买一本，然后轮流交换去看，无形中学会了节俭费用。

感——启发孩子发散性思维，培养他的创造力

以往，中国之所以生产力发展缓慢，与国人缺乏创造力有关；因国人长于形象思维而疏于逻辑思维。事实证明，除了领孩子去沙坑等地方做游戏外，还可通过做手工、画画这些办法来锻炼孩子逻辑思维能力，开发孩子的创造能力。例如怎样将一些废品利用起来，采用不同方法，使之不断发生变化，成为一个有用的东西；开始时不要太复杂，也不要说他弄得不好，要循序渐进。

痴——动静结合，培养孩子学习的专注力和适应力

训练孩子动静结合。国外有的学校规定学生每天都要进图书馆，在那里孩子要安安静静地读一个小时的书；每人必须有一个故事讲给其他人听，若讲不出来，就会被大家笑话。这是"动"的训练。体育课上，孩子一定要动起来。若踢球，会分成两组比赛，绝没有机会聊天；若跑步规定跑几圈，就一定要做到；若做什么体操，老师也都要填写记录。这样不仅收到锻炼身体的效果，也使得动静分明，养成孩子做事的专注力和适应力。不像国内，上课半天了，还有人没到操场，到场后也很随意，好像体育课就是休息课。国外从小学一年级起，每年会组织全班到外地学习一周，了解诸如纺织、食品等制作工艺；一方面使得孩子在此期间学会自理，一方面在回来后把在外边学到的东西插到讲课中，使得课堂知识联系了实际。同时，还要注意让孩子养成规律的作息习惯。

奇——广泛接触外面的世界，打造孩子好奇心

试想，如果父母不具备好奇心，孩子怎会有好奇心？因此，打造孩子的好奇心，一方面要靠家长引导，一方面也要靠父母好奇心的影

响。譬如各种生产制作、各种生活常识，还有看书学习等，都会引发孩子的好奇心。再有就是经常带孩子到各处走走，让他广泛接触外部世界，去看不同人的生活，绝不能只接触同一类人。久而久之，就有了广泛的好奇心，也会由此产生丰富的想象力。

象——多读书多见世面，开发孩子的想象力

想象力也与孩子读的书、生活的环境有关系。父母最好在孩子面前看书，成为孩子学习的榜样。国外通常要求学生读课外书：小学生一个月读一本，初中生则一周读一本；老师有时交给学生一个书名的清单，让学生从中任选其一，读后马上就按照该故事的写作手法去写，并据此去讲解。我们也要鼓励孩子多看看课外书，扩大阅读量。有条件的话，父母要带孩子多出去见见世面，因为父母知道的东西毕竟是有限的。除此之外，父母还要鼓励孩子多参加各种健康有趣的活动。

怪——多交流多沟通，尊重孩子独特个性

父母一定要记住，往往越聪明的孩子，越让父母头痛，就越要为之下功夫。因此，父母和孩子要多交流，要彼此理解。对有些"怪异"性格的孩子，父母不但要和蔼可亲，尽量不要唱反调，要因势利导，态度要平等，说话语气要有分寸。同时也要有威信，该严肃的时候一定要严肃，但不能随意体罚孩子。父母和孩子探讨问题时，一定要把解决方法告诉孩子，而且不能将负面的东西带给孩子。小孩容易受父母影响，父母在工作中取得了什么成就，孩子会以此为荣。譬如，父母可以把自己出差时遇到的问题和事情讲述给孩子，并告诉孩子具体的解决方案。一旦父母做错了事，或者错怪了孩子，一定要向孩子道歉，敢于说"对不起"。

第一部分　灵气的培养

精点导航

> 感：发散性思维
>
> 痴：专注、执著
>
> 奇：好奇心
>
> 象：想象力
>
> 怪：独特、创新
>
> 灵：灵感思维
>
> 善：善良感

　　"7—12岁定灵性"，也就是说，这一时期应注重灵气与创造力的培养。

　　在造龙计划中，这个年龄段的孩子，最重要的就是品德与灵气、创造力的培养。

　　在这里，我们对7—12岁学生的品质教育从何处入手进行了定位，并就"造龙"工程中灵气与创造力培养的若干要素分别进行了阐述。

　　我们总结出一个孩子成长成才的规律，认为7—12岁的孩子，是进行灵气与创造力的培养最佳时期，"七魄"学说即"造龙"计划中针对这个年龄段孩子的一种崭新理念。

打造其"七魄"。这里将传统的"七魄"理论演绎为"感、痴、奇、象、怪、灵、善"，具体理解为：

感——发散性思维；

痴——专注、执著；

奇——好奇心；

象——想象力；

怪——独特、创新；

灵——灵感；

善——善良。

从当今的孩子看：由于都是独生子女，再加上一些学校乃至家庭忽视了孩子的心理健康教育，或是教育中未能采用正确的教育方法，又不重视良好行为习惯的养成教育，因而导致孩子心理上"惟我独尊"、任性、我行我素等。

根据我国有关方面调查资料显示：中国儿童的心理素质合格率仅为19%，而美国为41%，日本为60%以上，有人说："中国孩子的聪明才智是世界闻名的，同时他们的心理素质之差也是出了名的。"因此，我们必须十分重视学校和家庭教育，并施以正确的教育方法，才能保证孩子的健康成长，直至成才。

詹博士在法国奥尔良大学实验室从事科学研究

第一节　感（发散性思维）

发散性思维，又称扩散性思维、辐射性思维、求异思维。它是一种从不同的方向、途径和角度去设想，探求多种答案，最终使问题获得圆满解决的思维方法。

发散思维是一种重要的创造性思维，具有流畅性、变通性和独创性等特点。

一、发散性思维的独特魅力

创新是一个民族的灵魂，是一个国家兴旺发达的不竭动力。从思维学的角度看，任何创新都是创造性思维的结晶。

例如，风筝的用途包括：放到空中去玩，测量风向，传递军事情报，作联络暗号，当射击靶子等。

而在创新思维中占主导地位的则是人的发散思维，它是一种多方面、多角度、多层次的思维过程，具有大胆独创、不受现有知识和传统观念的束缚之特征。德国著名的哲学家黑格尔说"创造性思维需要有丰富的想象"，就深刻说明了发散思维在创新活动中的作用。

二、发散性思维的训练

什么是发散性思维训练？大家可以从下边的小故事找出答案：

事例

一天，妈妈从菜市场上买回了一条鲤鱼。女儿放学后看到妈妈杀鱼，就走过来看。妈妈看似无意地问女儿："你知道鱼有几种做法吗？""煎着吃！"女儿毫不犹豫地回答。妈妈又问："还有什么吃法？""油炸！""除了这两种，还有吗？"女儿想了想："可以烧鱼汤。"妈妈听了很高兴，又问道："你还能想出别的吃法吗？"女儿想了想，说："还可以红烧、清蒸、醋熘。"妈妈还要女儿继续想，这回，女儿思考了半天才答道："还可以腌成咸鱼、晒成鱼干"妈妈夸女儿真聪明，然后又说："这鱼还可以有两种吃法，比如，鱼头烧汤、鱼身煎，或者一鱼三吃、四吃，是不是？你喜欢怎么吃，咱们就怎么做。"女儿听了笑着说："妈，我想用鱼头烧豆腐汤喝，鱼身子煎着吃。"

妈妈和女儿的这一番对话，实际上就是在对孩子进行发散性思维训练。

培养学生的创造性既要靠老师，也要靠家长。要善于从教学和生活中捕捉能激发学生创造欲望、为他们提供一个能充分发挥想象力的空间与契机，让他们有机会"异想天开"，心驰神往。要知道，奇思妙想是产生创造力的不竭源泉。

在寻求"唯一正确答案"的影响下，学生往往是受教育越多，思维越单一，想象力也越有限。这就要求教师要充分挖掘教材的潜在因素，在课堂上启发学生，展开丰富合理的想象，对作品进行再创造。

三、发散性思维的培养

充分发挥人的想象力

突破原有的知识圈，从一点向四面八方想开去，并通过知识、观念的重新组合，寻找更新、更多的设想、答案或方法。

例如，一词多组、一事多写、一题多解或设想多种路子去探寻改革方案时的思维活动。

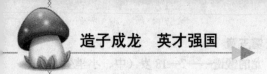

发散思维是不依常规，寻求变异，对给出的材料、信息从不同角度，向不同方向，用不同方法或途径进行分析和解决问题。一题多解的训练是培养学生发散思维的一个好方法。它可以通过纵横发散，使知识串联、综合沟通，达到举一反三，其缺点是评分难以制定出切实的标准答案，容易渗入主观因素。

淡化标准答案鼓励多向思维

学习知识要不惟书，不惟上，不迷信老师和家长，不轻信他人。应倡导让孩子提出与教材、与老师不同的见解，鼓励孩子敢于和同学、老师辩论。

单向思维大多是低水平的发散，多向思维才是高质量的思维。只有在思维时尽可能多地给自己提一些"假如…"、"假定…"、"否则…"之类的问题，才能强迫自己换另一个角度去思考，想自己或别人未想过的问题。

打破常规，弱化思维定势

法国生物学家贝尔纳说过：妨碍学习的最大障碍，并不是未知的东西，而是已知的东西。

有一道智力测验题，"用什么方法能使冰最快地变成水？"一般人往往回答要用加热、太阳晒的方法，某个孩子的答案却是"去掉两点水"。这就超出人们的想象了。

而思维定势能使学生在处理熟悉的问题时驾轻就熟，得心应手，并使问题圆满解决。所以用来应付现在的考试相当有效。但在需要开拓创新时，思维定势就会变成"思维枷锁"，阻碍新思维、新方法的构建，也阻碍新知识的吸收。因此，思维定势与创新教育是互相矛盾的。"创"与"造"两方面是有机结合起来的，"创"就是打破常规，"造"就是在此基础上生产出有价值、有意义的东西来。因此，首先要鼓励学生的"创"，如果把"创"扼杀在摇篮里，"造"就无从谈起了。

事例

发明奇才乔治·西屋

乔治·西屋是美国杰出的发明家和企业家。他一生中共获得361项专利，被誉为"发明奇才"。他亲手创办了6家世界一流的企业，为美国工业的发展奠定了基石。

乔治小时候，父亲开办了一个机器厂。倔强任性的小乔治对工厂的机器有浓厚的兴趣，12岁那年坚持到机器厂做了一名普通工人。一次，父亲让他独自加班切割一批铁管。开始乔治用手锯锯铁管，又慢又累。这样下去，不可能在规定时间内完成任务。突然，巨大的蒸汽机吸引了乔治的视线。他灵机一动，想出一个大胆的主意：把锯固定在蒸汽机上，造成一个机械锯，这样锯铁管的速度就可以大大加快！但当时的蒸汽机还是往复式引擎，既笨重，效能又差。乔治设想，如果把往复式引擎改成旋转式的，既可节省材料，又能增强效力。于是，经过几年的艰苦努力，他成功发明了回旋机。这是乔治一生中的第一项专利。从此，他燃起了发明创造的蓬勃激情。

点评：打破常规思维，激发了创造力；换一种思路，换一个方法，往往能出奇制胜。

野猪的启示

早在第一次世界大战期间，德军在比利时的伊普雷战役中便投放了毒气弹。英法联军的士兵们在绿黄色的云雾飘过之后，顿时感到胸闷。不出一个小时，中毒者多达万人以上，伤亡惨重。

在清理战场时人们发现：毒气飘过的地方，飞禽走兽也不能幸免于难，可是野猪却安然无恙。科学家从中受到启发，终于研制出像野猪鼻子模样的防毒面具，里面装着的活性炭比土壤颗粒更能够吸附有毒物质，并且让空气畅通。

第二节　痴（专注、执著）

这里所说的"痴"，是取其本义中"持久不止"之意，特指执着、专注。

所谓"执著"，在佛教中指片面而孤立地理解并固执事物的妄情和妄想。如《大般若经》卷七一："能如实一切法相而不执着故，复名摩诃萨。"又如《菩提心论》："凡夫执着名闻利养资生之具，务以安身。"众生虚妄的"执著"是很多的，主要是"我执"和"法执"。简单地说："我执"就是固执常一不变的主宰之"我"，从而产生种种"我见"。"法执"就是固执外境实有，从而产生虚妄分别的"法见"。后亦以"执著"谓固执而不知变通。

一般解释指坚定不移。如：他执著地追求艺术的创新。所谓"专注"，就是集中精力，全神贯注、专心致志。一个专注的人，往往能够把自己的时间、精力和智慧凝聚到所要干的事情上，从而最大限度地发挥积极性、主动性和创造性，实现自己的目标。

专注力，又称注意力，指一个人专心于某一事物或活动时的心理状态。目前一些机构为了吸引人的眼球，打出了"专注力"这一许多家长不太常见的名词。人的注意力，受多方面因素的影响，注意力缺陷，常常是许多学习差学生的共同特点。

"注意"是一个十分普遍的现象，它本身并不是一个独立的心理过程，而是感觉、知觉、思维、想象等心理过程的一种共同特性，即心理活动的一种组织特性。注意总是和心理过程紧密联系着，如"注意看"、"注意听"、"注意记"、"注意思考"等。我们平时所说的"注意汽车"、"注意声音"，并不是说注意本身就是独立的心理过程，而是把"看"、"听"省略了。另外，平时讲"没注意"，并非指心理活动在进行时什么也没注意，而是说人没有注意应该注意的事物，而注意了其他无关的事物。总之，一切心理活动的进行都离不开注意，正如我国古代思想家荀子所说："心不在焉，则黑白在前而不见，雷鼓在侧而耳不闻。"（《荀子·解蔽》）。

一、关于"注意"的研究

关于"注意"的研究由来已久，最古老的研究方法是 1300 多年前由刘勰设计的。他的实验是："使左手画方，右手画圆无一时俱成"，其结论是"由心不两用，则手不并运也。"（《新论·专学》）。在西方这叫"分心实验"，直到 1887 年才由普尔哈姆（F. Paulham）开始研究。美国心理学家威廉·詹姆士（William James，1890）曾解释说："注意是心理以清晰而又生动的形式对若干种似乎同时可能的对象或连续不断的思维中的一种的占有。它的本质是意识的聚焦、集中，意指离开某些事物以便有效地处理其他事物。"

现代心理学将"注意"定义为心理活动对一定对象的指向和集中。指向性和集中性是注意的两个基本特征。所谓指向性是指在某一瞬间，人们的心理活动有选择地朝向一定对象，而离开其他对象。在千变万化的世界中，有各种各样的信息作用于人，但人们不可能对所有的信息都做出反映，而只能选择其中的一部分，这样才能保证知觉的精确性和完整性。所谓集中性是指心理活动停留在被选择对象上的强度或紧张度。它使心理活动离开一切无关的事物，抑制多余的活动，保证注意的清晰、完善和深刻。指向和集中是同一注意状态下的两个方面，两者紧密联系。

在我国台湾、香港等地较早就有这方面的研究与训练。大陆最早进行系统研究的一些专家通过研究发现，童年早期进行注意力训练，是保证孩子以后学习的关键。其实，只要家长了解了注意力训练的方法，完全可以在家庭中开展。

保持良好的注意力，是大脑进行感知、记忆、思维等认识活动的基本条件。在我们的学习过程中，注意力是打开我们心灵的门户，而且是唯一的门户。门开得越大，我们学到的东西就越多。而一旦注意力涣散了或无法集中，心灵的门户就关闭了，一切有用的知识信息都无法进入。正因为如此，法国生物学家乔治·居维叶说："天才，首先是注意力。"

在正常情况下，注意力使我们的心理活动朝向某一事物，有选择地接受某些信息，而抑制其他活动和其他信息，并集中全部的心理能量用于所指向的事物。因而，良好的注意力会提高学生学习的效率。注意力障碍，主要表现为无法将心理活动指向某一具体事物，或无法将全部精力集中到这一事物上来，同时无法抑制对无关事物的注意。造成这种情况的原因比较复杂，许多较严重的心理障碍都可以引起注意力障碍。而对于学生来说，主要是由于学习负担重，心理压力过大，而造成高度的紧张和焦虑，从而导致了注意力无法集中的障碍。另外，睡眠不足，大脑得不到充分休息，也可能出现注意力涣散的情况。

二、注意力涣散的矫治

当你因注意力无法集中而影响学习，倍感苦恼时，不妨采用以下方法来矫治：

养成良好的睡眠习惯

一些学生因学习负担重，因此，一到晚上便贪黑熬夜，结果早晨不能按时起床，即便勉强起来，头脑也是昏沉沉的，一整天都打不起精神，有的甚至在课堂上伏桌睡觉。作为学生，主要的学习任务要在白天完成，白天无精打采，必然效率低下。为了保证白天精力充沛，一定要养成早睡早起的好习惯。

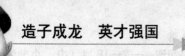
学会自我减压

学生的学习任务重，老师、家长的期望高，无形中给孩子们心理加上一道道砝码，如果调解不好，必然不堪重负，变得疲惫、紧张和烦躁，心理上难得片刻宁静。因此，我们要学会自我减压，别把成绩的好坏看得太重。一分耕耘，一分收获，只要我们平日努力了，付出了，必然会有好的回报，又何必让忧虑占据心头，去自寻烦恼呢？

做些放松训练

舒适地坐在椅子上或躺在床上，然后向身体的各部位传递休息的信息。先从左脚开始，使脚部肌肉绷紧，然后松弛，同时暗示它休息，随后命令脚脖子、小腿、膝盖、大腿，一直到躯干部休息，之后，再从脚到躯干，然后从左右手放松到躯干。这时，再从躯干开始到颈部、到头部、脸部全部放松。这种放松训练的技术，需要反复练习才能较好地掌握，而一旦你掌握了这种技术，会使你在短短的几分钟内，达到轻松、平静的状态。

此外，多做些集中注意力的训练，也可以培养良好的注意品质，提高学习效率。

三、专注力训练方法

注意力的集中作为一种特殊的素质和能力，需要通过训练来获得。那么，训练注意力、提高自己专心致志素质的方法有哪些呢？

方法之一：运用积极目标的力量。这种方法的含义是什么？就是当你给孩子设定了一个能自觉提高自己注意力和专心能力的目标时，你就会发现，在非常短的时间内，孩子的注意力就会有迅速的发展和变化。

要有一个目标，就是从现在开始要比过去善于集中注意力。不论做任何事情，一旦进入，能够迅速地不受干扰。这是非常重要的。比如，孩子如果今天对自己有了这个要求，要在高度注意力集中的情况下，将这一讲的内容基本上一次都记忆下来。当孩子有了这样一个训练目标时，他的注意力本身就会高度集中，也就会排除干扰。

大家知道，在军事上把兵力漫无目的地分散开，被敌人各个围歼，是败军之将。学会在需要的任何时候将自己的力量集中起来，注意力集中起来，这是一个成功者的天才品质。培养这种品质的第一个方法，是要有这样的目标。

方法之二：培养对专心素质的兴趣。有了这种兴趣，就会给自己设置很多训练的科目、训练的方式、训练的手段。就会在很短的时间内，甚至完全有可能通过一个暑期的自我训练，发现自己和书上所赞扬的那些大科学家、大思想家、大文学家、大政治家、大军事家一样，有了令人称赞的注意力集中的能力。

孩子们在休息和玩耍中可以散漫自在，一旦开始做一件事情，如何迅速集中自己的注意力，这是一个才能。就像一个军事家迅速集中自己的兵力，在一个点上歼灭敌人，这是军事天才。我们知道，在军事上，要集中自己的兵力而不被敌人觉察，要战胜各种空间、地理、时间的困难，要战胜军队的疲劳状态，要调动方方面面的因素，需要各种集中兵力的具体手段。集中自己的精力、注意力，也要掌握各种各样的手段。这些都值得探讨，是很有兴趣的事情。

方法之三：要有对专心素质的自信。千万不要受自己和他人的不良暗示。有的家长从小就这样说孩子：我的孩子注意力不集中；而且在很多场合也会听到家长说：我的孩子上课时精力不集中，导致有的孩子自己可能也这样认为。其实这种状态可以改变。

要让孩子相信自己能够集中注意力，肯定那些天才的科学家、思想家、艺术家在这方面还有值得你学习的地方，让孩子产想办法超过他们的斗志。

对于绝大多数同学，只要有这个自信心，相信自己可以具备迅速提高注意力集中的能力，能够掌握专心这样一种方法，就能具备这种素质。我们都是正常人、健康人，只要下定决心，不受干扰，排除干扰，肯定可以做到高度的注意力集中。

方法之四：善于排除外界干扰。要在排除干扰中训练排除干扰的能力。毛泽东在年轻的时候为了训练自己注意力集中的能力，曾经给自己立下这样一个训练科目，到城门洞里、车水马龙之处读书。为了什么？就是为了训练自己的抗干扰能力。一些优秀的军事家在炮火连天的情况下，依然能够非常沉静地、注意力高度集中地在指挥中心判断战略战术的选择。生死的危险就悬在头上，可是还要能够排除这种威胁的干扰，来判断军事上如何部署。这种抗拒环境干扰的能力，也需要训练。

方法之五：善于排除内心的干扰。在这里要排除的不是环境的干扰，而是内心的干扰。环境可能很安静，在课堂上，周围的同学都坐得很好，但是，有人内心可能有一种骚动，有一种干扰自己的情绪活动，有一种与这个学习不相关的兴奋。对各种各样的情绪活动，要善于将它们放下来，予以排除。这时候，就要学会将自己的身体坐端正，将身体放松下来，将整个面部表情放松下来，也就是将内心各种情绪的干扰随同这个身体的放松都放到一边。常常内心的干扰比环境的干扰更严重。

在课堂上，为什么有的同学注意力不能集中呢？除了缺乏学习的目标、兴趣和自信之外，还有一个就是不善于排除自己内心的干扰。你自己心头那各种各样浮光掠影的东西，要去除它们，这个能力是要训练的。如果你不想糊糊涂涂、庸庸俗俗度过一生，如果你确实想做一个自己也很满意的人，就要具备这种事到临头能够集中自己注意力的素质和能力，善于在各种环境中不但能够排除环境的干扰，同时能够排除自己内心的干扰。

方法之六：节奏分明地处理学习与休息的关系。有学生这样学习：我这一天就是复习功课，然后，从早晨开始就好像在复习功课，书一直在手边，但是效率很低，同时一会儿干干这个，一会儿干干那个。十二个小时就这样过去了，休息也没有休息好，玩也没玩好，学习也没有什么成效。正确的态度是要分明。那就是从现在开始，集中一小时的精力，比如背诵 80 个英语单词，看自己能不能背诵下来。高度地集中注意力，尝试着一定把这些单词记下来。学习完了，再休息，再玩耍。当需要再次进行学习的时候，又能高度集中注意力。这叫张弛有道。一定要训练这个能力。永远不要熬时间，永远不要折磨自己。一定要训练在短时间内一下把注意力集中，高效率地学习。安静的时候，像一棵树；行动的时候，像闪电雷霆；休息的时候，像流水一样散漫；学习的时候，却像军事上实施进攻一样集中优势兵力。这样的训练才能使自己越来越具备集中注意力的能力。

方法之七：空间清静。常常会发现这种现象，孩子坐在桌子前，想学数学了，这儿有一张报纸，本来是垫在书底下的，上面有些新闻，止不住就看开了，看了半天，才知道自己是来学数学的。或者桌子一角的小电视还开着呢，看着看着，从数学王国出去了，到了张学友那儿了。

所以，作为训练注意力的最初阶段，做一件事情之前，首先要求孩子清除书桌上全部无关的东西。然后，帮助孩子迅速进入主题。如果孩子能够做到一分钟之内没有杂念，进入主题，那就了不起。如果孩子半分钟就能进入主题，就更了不起。如果孩子一坐在那里，十秒、五秒，当下就进入，那就是天才，那就是效率。这种空间上的处理，是训练注意力集中的最初阶段的一个必要手段。

方法之八：清理大脑。收拾书桌是为了用视野的清理集中注意力，那么，同时也可以清理自己的大脑。如经常收拾书桌，慢慢就会有一个形象的类比，觉得自己的大脑也像一个书桌一样。

大脑是一个屏幕，那里面也堆放着很多东西，一上来，将在自己心头此时此刻浮光掠影活动的各种无关的情绪、思绪和信息收掉，在大脑中就留下现在要进行的思考，就像收拾桌子一样。

方法之九：对感官的全部训练。除了清理书桌和大脑外，其实更广义说，还可以进行视觉、听觉、感觉方方面面的类似训练。孩子们可以训练自己在视觉中一个时间内盯视一个目标，而不被其他的图像所干扰。也可以训练在一段时间内虽然有万千种声音，但是只集中聆听一种声音。也可以在整个世界中只感觉太阳的存在或者只感觉月亮的存在，或者只感觉周围空气的温度。这种感觉上的专心训练是进行注意力训练的有用的技术手段。

方法之十：不在难点上停留。大家都会意识到，当孩子去探究、观察有兴趣的事物时，就比较容易集中注意力。反之，缺乏兴趣的事物，对老师讲的课又缺乏足够的理解，就有可能注意力分散。

在这种情况下，我们就有了正反两个方面的对策。正面的对策是，我们要引导孩子利用自己的理解力、兴趣集中自己的注意力。而对那些孩子还缺乏理解、缺乏兴趣的事物，当孩子要研究它、学习它时，这就需要训练了。首先，同学们听老师讲课的过程中，出现任何不理解的环节，不要在这个环节上停留。这一点不懂，没关系，接着听老师往下讲课。如在研究一个事物的时候，这个问题不太理解，不要紧，接着往下研究。又如读一本书的时候，这个点不太理解，做了努力还不太理解，没关系，放下来，接着往下阅读。千万不要被前几页的难点挡住，而对整本书望而止步。实际上，在往下阅读的过程中可能会发现，后边大部分内容都能理解。前边这几页所谓不理解的东西，慢慢也会理解。

即使你对某些内容还缺乏兴趣，而你有必要去研究它和学习它，你就要这样想，兴趣是在学习、掌握和实践的过程中逐步培养的。

其他方法：锻炼注意力的小游戏：

我国数学家杨乐、张广厚，小时候都曾采用快速做习题的办法，严格训练自己集中注意力。这里再给大家介绍一种在心理学中用来锻炼注意力的小游戏。在一张有25个小方格的表中，将1—25的数字打乱顺序，填写在里面，然后以最快的速度从1数到25，要边读边指出，同时计时。

25	8	14	10	19
7	24	17	11	13
23	16	1	9	21
15	18	2	4	20
22	12	3	6	5

25 数字表

研究表明：7—8岁儿童按顺序找每张图表上的数字的时间是30—50秒，平均为40—42秒；正常成年人看一张图表的时间大约是25—30秒，有些人可以缩短到十几秒。可以自己多制做几张这样的训练表，每天训练一遍，相信注意力水平一定会逐步提高。

事例

牛顿轶事

据说有一次牛顿煮鸡蛋，他一边看书一边干活，糊里糊涂地把一块怀表扔进了锅里，等水煮开后，揭盖一看，才知道错把怀表当鸡蛋煮了。

还有一次，一位来访的客人请他估价一具棱镜。牛顿一下就被这具可以用作科学研究的棱镜吸引住了，毫不迟疑地回答说："它是一件无价之宝！"客人看到牛顿对棱镜极感兴趣，表示愿意卖给他，还故意要了一个高价。牛顿立即欣喜地把它买了下来，管家老太太知道了这件事，生气地说："咳，你只要照玻璃的重量折一个价就行了，根本不用出那么高的价钱！"

点评：牛顿的这种轶事多不胜数，它说明，牛顿酷爱科学，把自己的一切都献给了科学。正是因为牛顿有这种为科学献身的奋斗精神，他才能总结出牛顿三定律，对人类的进步做出了卓越的贡献。牛顿病逝以后，英国政府在他的墓碑上镌刻了墓志铭，最后一段是：让人类欢呼／曾经存在过这样伟大的／一位人类之光

会走路的"黑板"

物理学家安培一天傍晚在街上散步，忽然他脑子里考虑到一个题目，就向前面一块"黑板"走去，随手从口袋里掏出粉笔头，在"黑板"上演算起来。可是，"黑板"一下子挪动了地方，而安培的演算题还没有做完，他不知不觉地追随在"黑板"的后面计算。"黑板"越走越快，安培觉得追不上了，这时候他看见街

上的人都朝他哈哈大笑，他才发现那块会走动的"黑板"原来是一辆黑色的马车车厢的背面。

点评：这个故事读起来似乎有些滑稽，但恰恰体现了伟大科学家做事的专注力。

梵高为理想而执著

梵高，世界美术史上最伟大的后印象主义绘画大师，由于偶然的原因迷上了绘画并决定把绘画当成自己一辈子的事业去奋斗。

于是他在家里支起了画架，没完没了地练习。父亲在看了他的涂鸦之后破口大骂说："你竟然连一条手臂都画不好，还想做画家？算了吧，没出息的东西。"父亲的责骂一点没有动摇梵高从事绘画的决心。

几年之内，他画出了《食土豆者》《河上的妇人》和《向日葵》等大量素描和油画。但是对梵高的作品，所有人都嗤之以鼻，他们无法接受作品中那种令人心颤的扭曲和热烈的色彩。

为了坚持绘画，梵高一生一贫如洗，生前仅仅卖出过一幅画。但在画家去世多年后，他作品中体现的艺术魅力和超前的创新意识被后人所发现。一夜之间，他的所有油画、素描甚至当时写生用的废纸都被作为艺术品来收藏。

李密牛角挂书

隋唐时期的李密，在少年时发奋学习，上进心很强，他打听到缑山有一位名士包恺，就前去向他求学。李密骑上一头牛出发了，牛背上铺着用蒲草编的垫子，牛角上挂着一部《汉书》。李密一边赶路一边读《汉书》中的《项羽传》，正巧越国公杨素骑着快马从后面赶上来，勒住马赞扬他："这么勤奋的书生真是少见呵！"少年书生回过头来，一见是越国公，赶紧从牛背上跳下来行礼。一老一少在路上交谈起来，李密谈吐不俗，杨素深深感到他不同寻常。果然，李密后来成了隋末农民起义队伍瓦岗军的首领。

点评：以上小故事，从各个角度，阐释了各种各样的人执着的力量，很有说服力。

第三节 奇（好奇心）

有人认为，人的本性就是不满足。好奇心就是人们希望自己能知道或了解更多事物的不满足心态。

名言：

知识是一种快乐，而好奇则是知识的萌芽。（弗朗西斯·培根）

好奇心造就科学家和诗人。（法朗士）

青年的朝气倘已消失，前进不已的好奇心已衰退以后，人生就没有意义。（穆勒）

好奇心是智慧富有活力的最持久、最可靠的特征之一。（塞缪尔·约翰逊）

好奇心是科学工作者产生无穷的毅力和耐心的源泉。（爱因斯坦）

如果没有好奇心和纯粹的求知欲为动力，就不可能产生那些对人类和社会具有巨大价值的发明创造。（陆登庭）

实质：好奇心是个体学习的内在动机之一。

动机涉及人类行为的基本源泉、动力和原因，反映人类行为的主动性特征。从个体动机的自发性与目的性看，动机有内在动机与外在动机之分。外在动机由活动之外的目标或奖赏引起，如 7—12 岁的孩子对学习活动本身不感兴趣，但是为了赢得父母、老师的表扬与奖励而进行学习。内在动机则是"一种不依赖外在报偿便能促成某种行为的东西"。布鲁纳主张在教学中应激发幼儿的内在动机，使幼儿在学习中感到愉快。在他看来，个体学习的内在动机之一即是好奇心。

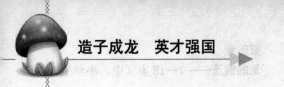

一、如何客观理解好奇心？

🍃 好奇心是人类的天性

对于 7—12 岁的孩子来说，一旦面临新奇的、神秘的、自相矛盾的事物，就会产生三种形式的探究行为：感官探究、动作探究、言语探究。正是通过这些探究行为，他们有选择性地了解周围事物，并积累大量生活经验。家长们应当创设满足他们好奇心的环境条件，把他们的好奇心引向强烈的智力活动。这些探究行为如果能够得到不断强化与满足，还会逐步内化为个体良好的心理品质。

🍃 好奇心是个体寻求知识的动力

学习是由经验或者练习引起的个体在能力或倾向方面的持久变化及获得这种变化的过程。学习是知情交融的过程。春秋时期的孔子就把好学、乐学作为学习活动的理想境界。明代王守仁认为学习中的愉快情绪体验对于儿童来讲，犹如时雨春风对于花草树木之生长一样重要。法国思想家卢梭指出："好奇心只要有很好的引导，就能成为孩子寻求知识的动力"。"问题不在于教他各种学问，而在于培养他有爱好学问的兴趣……这是所有一切良好的教育的一个基本原则"。

🍃 好奇心的认知性和情感性特征

以罗杰斯为代表的人本主义心理学家十分重视情感因素在学习中的作用，认为学习本身应该包括认知与情感两个方面，提出了智能与情感协调发展的"全人"学习理论。近年来，心理科学界也出现了强调动机、情感与认知相互作用的"热认知"（hot cognition）思潮，把好奇心作为学习中的主要情绪与动机。好奇心作为一种内在动机，它既具有认知性特征，能够引发个体的探索行为，又具有情感性特征，可以使个体从探索中获得愉快的体验。个体在其好奇心的驱使下表现出来的观察、提问、操作、选择性坚持、积极情绪等有助于学习活动的有效进行。

🍁 好奇心是创造性人才的重要特征

好奇心是创造性人才的重要特征已是不争的事实。爱因斯坦认为他之所以取得成功，是因为他具有狂热的好奇心。创造性的培养应该从小抓起，已经成为学者们的共识。人类最初的好奇心来自于婴儿的探究反射。到了幼儿期，好奇心更加强烈和明显，他们通过感官、动作、语言来表达自己对周围世界的好奇，这种好奇最初是情景性的，如果受到鼓励与强化，就会变成认知与情感的结合。美国学者希克森特米哈伊（Csikszentmihalyi, 1996）在谈到创造性人才的因素——好奇心的重要性时，明确提出，"通往创造性的第一步就是好奇心和兴趣的培养"。他认为，好奇心是需要保护的，也许所有的孩子都有好奇心，但好奇心能否保持到成年，在很大程度上依赖于早期生活受到的鼓励。孩子好奇心很强，这也许与他们知识、经验贫乏有关。在他们看来，周围环境中的许多事物都是新奇的，很多都出乎他们的预期，他们想要观察、探索、询问、操作或摆弄这些事物。这些都是好奇心的外在行为表现。如果这些行为能得到更多的鼓励与支持，就会逐渐内化为他们的人格特征。相反，如果缺少环境的鼓励与支持，这些行为会逐渐消退，表现为对新奇事物的冷漠、回避等心理倾向，从而不利于创造性人格特征的形成。

二、好奇心为何常常被忽视？

一方面，这与老师和家长对学生好奇心的发展特点、重要价值以及如何诱发幼儿好奇心的模糊认识有关。在许多教育工作者与家长心目中，学生（孩子）的好奇心往往被当作一种令人厌恶的行为而遭到指责、约束、冷漠或讥笑。

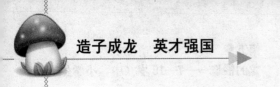

另一方面，与教师在教学过程中存在的冲突有关：

一是应然观念与实然观念的冲突。后者是教师在多年教学经验过程中获得的缄默性知识，具有强势作用。在教师的缄默性知识中，学生的好奇心应当以遵循教师的教学思路或设计为前提，一旦超越这个界限，学生的好奇心将招致冷落与压制。

二是教育的工具性与育人性的冲突。受应试教育的影响，教师是从事教育的工具，学生是工具下的奴隶，当学生的好奇心与教师要求一致时，好奇心就得到支持，相反就遭到训斥。因此，有必要引导教师梳理其缄默性知识中的盲点，觉察自己教育观念中的误区，扮演好学习的支持者的角色。

三、怎样促进好奇心的发展？

在教育过程中，教学行为是学生好奇心发展的关键。

创设有效的学习环境

应根据教育目的和学生成长需要精心设计学习环境，同时广泛利用各种资源，调动家长、学生积极参与学习环境的创设，组成学生学习共同体。

首先，应创设具有新奇性、变化性与神秘性的物质环境。这种新奇包括了学生少见的、由物质材料之间相互作用所产生的变化带来的新奇性。它容易引起学生情感与认知的倾向性。教师应及时观察学生的行为变化，并及时提供支持性材料，以提高学生的好奇心水平。

其次，应创设积极的心理环境，提供积极的情感支持。心理氛围是一种情感活动状态，这种情绪状态在教育活动过程中主要有两种：好奇与焦虑。这两种情绪在性质与过程上是相反的，但它们相互作用，可以共同激发探索或回避行为。教学中应该创设积极的心理氛围，包括自由、民主、积极的情感互动，使孩子体会到安全、宽容、接纳、信心与勇气，使大脑皮层处于兴奋状态，更能产生好奇心与探索行为。

🍂 实施有效的策略

好奇心是一种内在动机，主要由外界刺激物的新异性所唤醒。好奇心也反映了个体的认知需要，主要由外界刺激物与预期的不一致所唤醒。这种唤醒具有情感的力量。不同的个体面对同样的认知信息，会产生不同水平的好奇心，这是由个体对当前认知信息的兴趣、信心与期望不同造成的。好奇心的强度与个体对相关信息的了解程度有关，与个体的信息缺失产生的不愉快感有关。好奇心既具有认知性特征，又具有情感性特征，为此，我们提出促进个体好奇心发展的三种策略。

（1）好奇陷阱策略

好奇陷阱是通过设置悬念，如不和谐性、矛盾性、新奇性、惊奇性、复杂性、不确定性等，使之超出学生预期，从而引发孩子的惊奇心，并使他们保持一种对刺激物的注意与探索，使惊奇转化为兴趣情绪。

好奇陷阱策略实施的基本步骤如下：第一步，设计悬念，超出学生预期；第二步，引起学生认知冲突；第三步，创造条件，支持学生解决冲突。

（2）心理匹配策略

心理匹配策略主要指当前刺激（教学内容）与学生的认知结构（水平）相一致，从而使其心理上感到满足，由此激发孩子求知需要的一种策略。当教学内容与孩子们的个体需要有关时，他们学习的积极性与主动性即学习心向就能很好地调动起来。因此，要尽可能把现有的教学内容与要求变成唤醒他们内在学习动机的诱因。这就要求对现有的教学内容或信息进行加工，包括情感加工与认知加工。通过加工，调动孩子学习的内在动机，使他们的好奇心由静止状态变为活跃状态，由缺乏状态变为启动状态，让他们在愉悦的情绪中获得成就感与满足感，从而促进他们心理的整体发展。

心理匹配策略实施的基本步骤如下：第一步，了解孩子的需要；第二步，找到教学内容、方法与孩子需要的匹配点；第三步，采取多种形式激发孩子的好奇心。

（3）开启问题箱策略

开启问题箱策略是通过创设问题情境，引导孩子发现问题，通过讨论、实验或头脑风暴等方式主动探索的一种策略。我们知道，好问是孩子的特点，也是孩子好奇心的主要表现。一般来讲，孩子提出的问题有年龄差异和水平差异，有的是为了了解事物的表面特征与属性，有的则希望进一步深入了解事物，还有的会持续一段时间，以了解一类事物的特征与功能。与成人相比，孩子的问题意识较强，通常会表现出强烈的积极理解事物和寻求新信息的倾向性，但是由于孩子认知能力有限，自发提出问题的水平比较低，有些孩子甚至不知道如何提出问题。教师可以通过创设问题情景，通过设疑等方式激发孩子的好奇心，引发孩子观察、操作和思考，调动他们学习的心向，促使他们认知能力发展。

开启问题箱策略实施的基本步骤如下：第一步，让环境和材料激发孩子提问；第二步，不要急于给孩子提供问题的答案，而是通过及时点拨，引导孩子自己去发现问题，探索问题；第三步，在活动区开设小问号，使孩子有机会继续自己感兴趣的探索。

总之，孩子的好奇心作为内在动机与主要的学习情绪之一，应当得到尊重与引导。利用多种途径，激发他们的好奇心和探索行为一方面可以满足他们成长的需要，另一方面可以促使教师深化教学改革，为培养个体的创造性品质提供支持。教师的情感支持、材料支持与策略性支持在保护孩子好奇心、培养其创造性品质方面具有关键用。

四、如何理解好奇心的潜能？

孩童是最懂得欣赏"神奇"了，因为那些神奇，能占据孩童的心灵。如果孩子有了好奇心，便会发现生活中处处皆学问。

事例：

著名科学家都是极具好奇心的。

牛顿对一个苹果产生好奇，于是发现了万有引力。

瓦特对烧水壶上冒出的蒸汽也是十分好奇，最后改良了蒸汽机。

爱因斯坦从小比较孤僻，喜欢玩罗盘，有很强的好奇心。

伽利略看到吊灯摇晃，感到好奇，而发现了单摆。

落伍只因没有问题了

著名哲学家维特根斯坦在剑桥大学学习时，曾是大哲学家穆尔的学生。在穆尔授课期间，维特根斯坦是最令他头疼的学生。维特根斯坦总有问不完的疑问，一个接一个，总是没完没了。

有一天，学生罗素问穆尔："这么多学生中，您觉得谁学得最好？"穆尔毫不犹豫地说："维特根斯坦。"罗素不解地问："为什么？"穆尔回答说："因为，在我的所有学生中，只有他一个人在听我的课时，总会有一大堆问题。"

罗素后来也成为著名的大哲学家，但维特根斯坦的名气超过了他。有人问维特根斯坦："罗素为什么落伍了？"维特根斯坦笑着说："因为他没有问题了。"

"失误瓶"的告诫

德国著名化学家李比希把氯气通入海水中提取碘之后，发现剩余的溶液中沉积着一层红棕色的液体。他虽然感到奇怪，但并未放在心上，武断地认为这不过是碘的化合物，只在瓶上贴张标签了事。直到后来一位法国科学家经过多次试验，在红棕色液体中发现了新元素——溴，李比希才恍然大悟。他因此称这个瓶子为"失误瓶"，以告诫自己。

点评：以上两个小故事，从正反两方面揭示了好奇心与发明创造、与事业成功的关系，耐人寻味。

第四节 象（想象力）

一、想象力的概念

表述一：想象力是在人头脑中创造一个念头或思想画面的能力。也是人在已有形象的基础上，在头脑中创造出新形象的能力。

表述二：人在过去认识的基础上，构成没有经过的事物和形象的能力就叫想象力。

表述三：为了艺术的或知识的创造的目的，而形成有意识的观念或心理意象的能力。

比如当他人说起汽车，你马上就想象出各种各样的汽车形象来就是这个道理。因此，想象一般是在掌握一定的知识的基础上完成的。

二、想象力的科学推论

根据科学推论人类最早的想象力缘于火，我们的祖先曾经过着和动物一样的茹毛饮血的生活，食物都是生吃。一次闪电产生森林大火烧死了很多动物，我们的祖先有跑出来的，也有部分烧死在森林里面。因为肚子实在太饿，只有拿那些烧熟的动物来吃，觉得非常好吃。烧熟的动物肉让人体更好地吸收营养，另一方面动物体内的寄生虫也因为火的作用而杀死，从而减少人类疾病的发生。祖先们就想着怎样才能把火种保存下来，怎样用火取暖……。看着燃烧的火苗，人们就开始想象很多东西，渐渐就通过想象力创造文字、语言、科技，发明一些新的事物。火烧过的食物使人类体能增加，其他动物都很怕火，人类利用火战胜了很多动物。能力的增加就开始对未知事物很感兴趣，就开始了探索之路。

三、想象力的培养

丰富孩子的生活经验，发展孩子的表象

想象是在孩子大量的生活经验基础上积累起来的。别人说"苹果"，你的头脑中会浮现出一个"苹果"的具体形象，这个形象就是表象。正是依靠表象的积累，孩子的想象才逐渐发展起来。我们要帮助孩子积累生活经验正是帮助孩子在头脑中建立表象的过程，孩子表象的积累越多，就越容易将相关的表象联系起来，这也就是想象发展的过程。在学前阶段，我们鼓励父母要经常带孩子走向大自然，与社会接触，目的就是让孩子有机会丰富生活经验，在头脑中留下更多的表象，为想象的发展打下基础。

给孩子提供适合的环境，激发孩子想象的欲望

除了带孩子外出，在家中也要给孩子一个良好的环境，以帮助孩子想象力的发展。给孩子合适的图书，和孩子一起分享故事描述的情景，和孩子一起想象情节的变化，鼓励孩子想一想结局怎样，都是帮助孩子想象发展的好办法。读故事书时，改变一下读的方法，读一读，停一停，想一想，给孩子一个吸收和连接已有经验的时间。此外，和孩子一起游戏也是鼓励孩子想象的大好时机，女孩子爱玩的"扮家家"，男孩子爱玩的搭积木等，都是孩子想象力发展的机会。不只是提供玩具，还要和孩子一起玩，在游戏的过程中和孩子一起想象，"你今天给娃娃做什么饭呀？""我们上次去动物园，你还记得吗？我们给大象搭一个家吧？"……

给孩子轻松的氛围，鼓励孩子表达自己的想象

孩子将想的说出来也是一个过程，这不但是将生活经验梳理的过程，也是将经验在头脑中组织、整理后表达的过程。我们不仅鼓励孩

子大胆地想，还要鼓励孩子大胆地说，像前面提到的例子中，孩子想的就当成真的说出来时，我们不能简单地一句"瞎说"，就将孩子打发掉，而是应该仔细地问问孩子到底是怎么回事：是想的？还是真的？帮助孩子分清哪些是想象，哪些是真的。对孩子提出的问题尽量地鼓励他："你想想为什么？""你想会是什么样呢？"

🍃 鼓励孩子大胆想象，引导孩子合理地幻想

幻想是想象的一个更高层次，是一种合理的想象。在学前期和小学初期，孩子的幻想也是在从远离现实的幻想到接近现实的幻想发展的过程。如孩子喜欢奥运会吉祥物，就进而幻想，开奥运会的时候，我怎样与奥运会吉祥物见面？这就是一个合理的想象，也就是幻想的过程。还可以引导孩子想象一下未来的交通会是什么样，未来的环境会是什么样？合理的幻想正是创造的开始，也是想象的最高境界。

事例

"懒孩子"与科学家

瓦特从小身体虚弱，不是很喜欢运动。在学校里，他不喜欢与小朋友们打闹，只爱独自沉思冥想。关于他的童年，曾有过一个广为人知的传说：有一天，小瓦特在家里看见一壶水开了，蒸汽把壶盖冲得噗噗地跳。这种常人司空见惯的现象却引起了他的兴趣，只见他目不转睛地凝视那跳动的壶盖和冒出的蒸汽，苦思冥想其中的奥秘。一直看了一个多小时。由于瓦特常常会面对他不熟悉、不认识的许多现象长时间地默默观察，家人因此说他是个"懒孩子"。

点评：谁都不会想到，这个大人眼中的"懒孩子"会成为举世闻名的大科学家。正是这种好奇心和寻根问底的精神，后来引

导瓦特去努力探索世界的种种奥秘，攀登科学的高峰，成为著名的科学家。

李四光的"石头遐想"

我国伟大的地质学家李四光，小时候常常一个人看着家乡的一些来历不明、稀奇古怪的石头发呆，奇怪的念头总是萦绕在脑海：这里为什么会有这么多奇怪的巨石？它们是借助什么力量到这儿来的？……后来李四光走遍了全国各大山川河流，作了大量的考察与研究，终于断定这些怪石是冰川的浮砾，是第四纪冰川的遗迹。从此，李四光纠正了国外学者断定中国没有第四纪冰川遗迹的错误理论。

点评：好奇心加上勤奋，纠正了国外对中国地质地貌的错误理论。

第五节 怪（独特、创新）

这里说的"怪"，即指其奇特、与众不同之意。

现实生活中，孩子的"怪念头"，往往就是一种创新性思维。

我们应该承认孩子之间是有个体差异的，但无论学校的教师还是父母们往往很难接受这种差异，而总是以同一的标准来要求孩子。所以，许多家长提出这样的问题：为什么我的孩子特别顽皮？有的智商很高的孩子，为什么学习成绩不好？聪明而顽皮的孩子为什么得不到学校的肯定？

爱因斯坦就是从小爱幻想，12岁时对光速问题十分着迷，他幻想自己去宇宙旅行。长大后，在这个执著想象的指引下，通过不断努力，他发现了震惊世界的广义相对论。

我们也应该赏识孩子可贵的探索精神，鼓励他们发表自己的独立见解，让他们敢于打破陈规，标新立异。如果不想折断孩子想象的翅膀，请给孩子的"怪念头"放行。

一、尊重孩子的独特个性

应该说，聪明顽皮的孩子是有自己的独特个性的，他们正在向老师或父母提出一个新的挑战，如果老师或父母不能够转变评价孩子的标准，学校和家庭教育将陷入举步维艰的困境。诸如下面的实例就是发人深思的：

（1）12岁的女孩小A，小升初考试成绩一般，她已经被一所普通中学录取。但她瞒着父母，自己提早去一所"影视明星学校"考试，并被录取。即将开学时，小 A 开始与父母谈判："我要去上影视明星学校，我的理想就是从事影视方面的工作。普通初中那三年的死读书我不喜欢，根本不想去！"

教师评价：小 A 是个"疯丫头"，学习不踏实。

父母评价：明星不是人人都能当的，你要是以后当不了演员怎么办？

小 A 感受：只要接受了影视培训，我体验过了，就是成功！当不了演员怕什么？影视方面有许多工作可以做，我再考大学深造也来得及！

（2）五年级的小 B 是一个"小发明迷"，经常自己动手做出许多奇奇怪怪的小东西：音乐文具盒、活动课程表、带响铃的风筝、会说话的垃圾筒……他上课时总在琢磨自己的小发明，他的学习成绩一直处在班上中下游。

教师评价：聪明用的不是地方。

父母评价：你不好好学习，以后扫大街也没有人要。

小 B 感受：我的学习不用别人操心，我会努力的，长大了我要当发明家！

（3）初一的小 C 从小是个读书迷，智商为 135，并特别爱好文学和写作。但她学习成绩一直不太好，数学成绩更差；她经常在上课时想入非非，写自己的作品，对老师讲的一点兴趣没有。她对自己的每一位任课老师，都有自己的看法，能够对每位老师的语言表达、性格特点、业务能力等说出自己的看法。

教师评价：她成不了作家，也许连大学也考不上。

父母评价：她是一个空想家，幼稚而没有毅力。

小C感受：我有自己的理想，就想当个作家，用不着别人管。

（4）当人们从电视上看到小D在"奇思妙想"节目中的出色表现，简直不敢相信自己的眼睛。因为，初一的小D在学校是出名的调皮鬼，他兴趣广泛，课上提出的怪问题常常能够难倒老师，但学习成绩不稳定，作业也经常出错。

教师评价：太好高骛远，老是异想天开，先把学习成绩提高，你才有资格向老师提问。

父母评价：这孩子太浮躁、太不安分，老师不接纳，以后很难适应社会。

小D感受：我有自知之明，不用别人说三道四，我要当科学家。

（5）小学六年级是学习上一个关键期，小E还是不紧不慢，学习成绩中等。他有一个特点，在同学中有好人缘，大家承认他头脑灵活，鬼点子多。一次数学考试，几个同学对数学老师不满，故意在老师的椅子上洒了许多水。老师一进教室看到椅子上的水，就兴师问罪："这是谁干的？要是没人承认，你们班今天就取消考试资格！"那几个当事人若无其事，5分钟过去了；小E突然站起来，承认是自己洒的水，他用自己的行动挽救了全班，却被老师批评和处罚，但被同学们看作英雄。

教师评价：他专门跟老师耍心眼，太滑头，简直没法管理。

父母评价：他总是爱管闲事，打抱不平，想当武侠英雄，走上社会一定会吃亏的。

小E感受：我走自己的路，让别人说去吧，我就是想做大家需要的英雄。

（6）上中学了，小F学习不安心，他向父母提出要上足球学校，他本来是个足球迷。

老师评价：他就是不爱学习，头脑简单，太贪玩好动。

父母评价：他从小迷足球，但是体质又不算好，太瘦弱，当运动员多半被淘汰，想踢球？是为了逃避学习吧？

小F感受：怪不得中国的男子体育项目不行，老师、家长对爱好体育的都有偏见。我长大了就是要搞体育，当不成运动员，也可以搞体育科研、当体育记者嘛！

二、聪明顽皮孩子的"怪异"之处

在现实生活中，其实这样聪明顽皮的"怪"孩子非常多，他们是改革开放时代的"新人类"，他们代表着民族的未来和希望，自有他们的可爱、可贵、可喜之处，他们的聪明是不可否认的。

所谓聪明顽皮的"怪"孩子，也是形形色色的，笔者认为，可将这些孩子分为如下类型：

（1）独立自主型：善于思考，有心计，有自己的主意和坚定信念。

（2）创新思维型：具备一定创新素质，喜欢发明创造，思维活跃，动手能力强。

（3）批判见解型：富于良好思辨能力，对人和事有独立见解，敢于批判，有进行社会科学研究的潜质。

（4）多知多能型：有强烈好奇心、求知欲，喜欢想象，敢于标新立异。

（5）机智幽默型：敢作敢为，人际交往能力较强，具有协调人际关系的特殊能力。

（6）运动活泼型：对体育运动敏感、热爱，具有一定体育工作者素质。

那些被老师和家长认为聪明而顽皮的孩子，其实质是有与众不同之处，但绝非"坏孩子"。心理学、教育学的研究都证明，无论年龄大小，每个人都有自己的独特个性；虽然，在理论上人们可以承认人与人之间的个体差异，但在对每个孩子的评价上，又常常会陷入应试教育弊病的误区中。

三、应试教育的误区

应试教育的弊病就在于，它想把学校变为一条"生产标准化人才"的"流水线"；这种"模式化教育"，如同要把每一个学生都从"灰姑娘"变成穿着同一号大小"玻璃舞鞋"的"高贵公主"。也就是说，要做一个让老师和家长都喜欢的"好孩子"。所谓好孩子，至少要有三个条件：一是学习成绩拔尖；二是听老师的话，循规蹈矩；三是不能犯错误，表现好，做好事等。但是，这个愿望现实吗？这样的要求符合中小学生的身心特征吗？学生的个性哪里去了？

如今，我们的教育改革就是要力求逐步改变"千人一面，万人一书"的状况，只用同一张试卷，用统一的标准来对待所有的孩子，是既不科学，也不公正的。孩子本来是来自不同的家庭，如孔子所说"性相近，习相远"；成才的路有千千万万条，社会也需要不同层次、不同类型、不同智能的人才，因而，我们应该考虑，在教育上为孩子提供更多的选择和更宽阔的成才之路，考试与应聘的方式也应该是多元化的。

如果说，学校的教育改革还需要一个较漫长的过程；那么，每个家庭应该理解自己的孩子，对那些聪明顽皮的孩子，应给以公正、公平的评价，并接纳他们的现状。所以，对孩子的聪明顽皮，应该有一个正确的认识，并适当调整家教策略，以帮助孩子摆脱成长的羁绊，

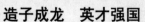

走出困境。那些聪明顽皮的孩子，其共同的特点往往是一个有争议的孩子，因而对父母、老师容易产生戒备心理，产生沟通的障碍；性格倔犟，思维开阔、敏捷、灵活；有独立见解，活泼好动；有良好的潜质、巨大的潜能 心理上耐受性好、承受力强，心理素质较好，有独特的个性。

四、引导孩子的技巧

学校和家庭教育的观念和方式，都必须针对孩子身心发展的特点来加以因势利导。家长应掌握与孩子之间的心理沟通的科学方法。每天全家人最好有一段轻松交谈的时间。如果孩子感到家里是一个宽松温暖的环境，父母是可亲近的、可信任的，就会坦率地畅所欲言。同样，父母也可以把自己遇到的问题，工作与生活上的苦恼说给孩子听，并请孩子帮忙出出主意，真诚地向孩子学习。通过这样的心理沟通使孩子了解社会，也理解父母事业与生活的艰辛。只要能够创造这种两代人无话不谈的心理氛围，就是再顽皮的孩子也会通情达理，也是家教最大的成功。

🍂 因势利导

与聪明顽皮的孩子进行心理沟通是有窍门的，至少不要使孩子以他的聪明来"对付"父母，不使孩子对父母反感，而视父母为好朋友。所以，可归纳为这样一条家教原则："顺其所思，予其所需；同其所感，引其所动；投其所好，扬其所长；助其所为，促其所成。"这并非放纵和盲目地使孩子任性，而恰恰是掌握孩子的心理脉搏，理智地分析孩子的现状，引导孩子学会管理自己，充分地调动孩子自我教育、自我管理的能力，使孩子独立自主地生活和学习；改变孩子消极被动地被家长"管教"的局面，就可形成亲密的亲子关系，有利于孩子的心理健康。

🍂 大胆质疑

明代哲学家陈献章说过："前辈谓学贵有疑，小疑则小进，大疑则大进。"质疑能力的培养对启发学生的思维发展和创新意识具有重要作用。质疑常常是培养创新思维的突破口。

孟子说："尽信书不如无书"。书本上的东西，不一定都是全对的。真理有其绝对性，又有其相对性，任何一篇文章都有其可推敲之处，教师应鼓励学生大胆怀疑书本，引导学生发表独立见解，这是提升学生创新能力的重要一环。在质疑过程中，学生创造性地学，教师创造性地教。质疑能将机械性记忆变为理解性记忆，让学生尝到学习、创造的乐趣。

反省思维是一种冷静的自我反省，是对自己原有的思考和结论采取批判的态度并不断进行完善的过程。这实际上是一种良好的自我教育，是学生学会创新思维的重要途径。

🍂 学会反向思维

反向思维也叫逆向思维。它是朝着与认识事物相反的方向去思考问题，从而提出不同凡响的超常见解的思维方式。反向思维不受旧观念束缚，积极突破常规，标新立异，表现出积极探索的创造性。其次，反向思维不满足于"人云亦云"，不拘泥于传统看法。但是反向思维并不违背生活实际。

（1）很多生产抽油烟机的厂家都在如何能"不粘油"上下功夫，但绝对不粘油是做不到的，虽然耗费了大量的资金去研究，但成果不是很明显，用户每隔半年左右就得清洗一次抽油烟机。

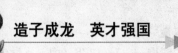

美国有一位发明家独树一帜，反方向去思考这个问题，他发明了一种能吸附油污的纸，把纸贴在抽油烟机的内壁上，油污就被吸收，用户只需定期更换吸油纸，就能保证抽油烟机干净如初。

（2）20世纪50年代，世界各国都在研究如何利用锗原料制造晶体管，其中最关键的技术环节是提炼出非常纯的锗。诺贝尔奖获得者、日本的著名的半导体专家江崎和助手在长期试验中，无论怎样仔细操作，总免不了混入一些杂质，严重影响了晶体管参数的一致性。有一次，他突发奇想，假如采用相反的操作过程，有意地添加少量杂质，会产生什么样的效果呢？经过试验，当锗的纯度降低到原先一半时，产生了意想不到的效果，一种性能优良的半导体材料终于诞生了。

（3）美国朗讯公司的贝尔实验室，是一个令人肃然起敬的机构！那里共培养了11位诺贝尔奖获得者，产生了改变世界的十大发明。

很多高校的理工科毕业生都把进入贝尔实验室工作看做是一种无上的光荣。贝尔实验室作为世界一流的研发机构，它有什么特点呢，为什么这么引人注目？

在贝尔实验室创办人塑像下镌刻着下面一段话："有时需要离开常走的大道，潜入森林，你就肯定会发现前所未有的东西"。

让我们也常常潜入"森林"，另辟蹊径，去发现、去领略那前人从未见过的奇丽风光吧，这时，你就可以欢呼："啊，这片天地是我首先发现的，大家都来看吧！"

爱因斯坦轶事二则

在妹妹头上敲了个窟窿（1）

爱因斯坦1879年3月14日出生时，有一个大得出奇而且有棱角的后脑勺，母亲曾认为生了个畸形婴儿。两岁半了，爱因斯坦还不会说话，家人都误认为他是个小哑巴。一天，家里来了一个骑脚踏车的小妹妹，他竟然说出了一句完整的话："是的，可是她的小轮子究竟在哪里呢？" 5岁时脾气狂躁，把家庭教师都吓跑了，还用儿童锄头在妹妹头上敲了一个"大窟窿"，让家人头痛不已。

但这个小孩子也有让家长得意的地方。他5岁开始拉小提琴，特别喜欢莫扎特，长大后，在四重奏方面很有造诣，甚至达到了艺术家的完美境地。三四岁穿过慕尼黑最繁华的大街时，第一次给他指明道路，第二次观察他，他就能先看右方，再看左方，毫不胆怯地穿过去。不到10岁，就能一次用卡片搭起14"层"高的楼房，显示了他独特的耐心与毅力。

被教授断言将庸常无为（2）

爱因斯坦的拉丁语不错，但希腊语和现代外国语言则很糟糕。有一次，教授看了他的作业后，火冒三丈，断定他这名学生绝不会有什么作为。16岁时，他又受到班主任的严厉斥责。爱因斯坦忍无可忍，坚定地向班主任宣布：我再不会来了。

这次他遇到了一所好学校——瑞士的阿劳州立中学，在这里，既听不到任何一点命令的声调，也看不到任何一点培养崇敬权威的痕迹。学生是个别对待的，独立的、有充分根据的思考比博学更受人重视。

点评：从这几个小故事中可以看出，爱因斯坦的"怪异"，恰恰是他的独到之处，也是他最终取得常人所不能及的成就的原因之一。

艺术大师米开朗基罗

1475 年 3 月 6 日，米开朗基罗出生于卡森蒂诺地方的卡普雷赛，父亲是法官。母亲在他 6 岁时便死去，米开朗基罗被寄养在一个石匠的家里。13 岁时，他进入多梅尼科·吉兰达约的画室。据说由于他的成绩优秀，使他的老师为之嫉妒。一年后，米开朗基罗转入一所雕塑学校。不久，由于宗教信仰的冲突，他离开了那里，先后到过威尼斯、罗马等名城，雕塑水平不断地得到了提高。

1505 年 3 月，米开朗基罗被教皇尤利乌斯二世征召去替他造陵墓。不久，又让他去画西斯廷教堂的天顶画。此后几年，他一直受着历任教皇的差遣，携带着痛苦去创作他并不满意的作品。1527 年米开朗基罗卷入了一场革命的漩涡，差一点丧命。革命结束后，教皇克雷芒又将他从隐避地找了出来，米开朗基罗不得不重新为他所抗拒的人劳作。1537 年 9 月克雷芒教皇驾崩，米开朗基罗原以为从此能安安静静地做自己的事了。但他刚到罗马，又被他的新主人——保罗三世抓住了。似乎命运注定他只能在无休止的干涉中替别人干活。

1564 年 2 月 12 日，米开朗基罗站了一整天来创作《哀悼基督》。14 日他开始发烧，18 日下午 5 时，这位杰出的雕塑家兼画家终于永远地离开了人间。

点评：与宗教信仰的冲突，使得米开朗基罗不为当时的人称道，也造成了他悲惨的一生，但没有影响他成为一代艺术大师。

第六节 灵（灵感思维）

灵，也叫灵感思维。

概念表述一：指文艺、科技活动中瞬间产生的富有创造性的突发思维状态。

概念表述二：在文艺、科技活动中，由于勤奋学习、努力实践，不断积累经验和学识而突然产生的创作冲动或创造能力。

概念表述三：指在文学、艺术、科学、技术等活动中，由于艰苦学习、长期实践，不断累积经验和知识而突然出现的富有创造力的思路。

概念表述四：灵感，是人们在艺术构思探索过程中由于某种机缘的启发而突然出现的豁然开朗、精神亢奋、取得突破的一种心理现象。

灵感是什么？众说纷纭。杂交水稻之父袁隆平，是位科学家，他对"灵感"的定义为，"名人灵感是知识、经验、追求、思索与智慧综合实践在一起而升华了的产物。"这一定义很实在，不抽象，颇具操作性。

而《圣经》中"灵感"是指：神的灵以一种超自然的影响施予圣经的作者，这样保证他们所写的，确是神要他们写的东西，目的是用以传达他的真理。本书认为，灵感是一个人在对某一问题长期孜孜以求、冥思苦想之后，通过某一诱导物的启发，一种新的思路突然接通。人都可能出现灵感，只是水平高低不同而已，并无性质的差别。

一、与灵感相近的概念

与"灵感"相近的词汇有"闪念"或"新想法"。灵感是一种要保护的资源，创新大多起始于人大脑中产生的灵感，创新是人类想象

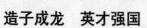

力的产物，或者说灵感是创新的起点，灵感则是创新的核心和灵魂。20世纪世界最伟大的科学家爱因斯坦曾经说过："想象力比知识更重要，因为知识是有限的，而想象概括着世界上的一切，推动着进步，并且是知识进化的源泉。严格地说，想象力是科学研究中的实在因素。"当代世界最伟大的科学家霍金说："推动科学前进的是个人的灵感"。美国创意顾问集团主席汤姆森说："灵感成了最具决定性的创造力量"。

二、灵感的产生过程和对灵感的深入认识

灵感就是解决问题时感性思维过程的结果被理性思维过程捕获得到后而形成的解决问题的思路。灵感的出现之所以显得神秘源自人们对自己大脑的工作方式的不了解。

灵感是人脑理性思维活动和直觉思维活动共同的结果。存在未经语言中枢符号化解释的过程，也存在理性思维的过程（99%的汗水），那些未经语言中枢符号化解释的直觉思维过程通过语言中枢符号化解释最后的结果，并呈现出来（1%的灵感），这样灵感就突然出现了。没有那99%的汗水，也就没有这1%的灵感。之所以有的人灵感多一些，有的人少一些，那只是他们各自的思维过程不同，专注程度、思考深度、思考广度、对信息的分支界定方法不一样而已。当然这也跟记忆力、思维敏捷程度等有关。记忆力、思维敏捷程度这些与后天形成的思维模式有关，也跟大脑的先天遗传的组织结构有关。

三、灵感的特点

（1）灵感的产生具有随机性、偶然性。有心栽花花不开，无意插柳柳成荫。灵感通常是可遇不可求的，至今人们还没有找到控制灵感产生的办法。人不能按主观需要和希望产生灵感，也不能按专业分配

划分灵感的产生。

（2）灵感具有突发性、短暂性、稍纵即逝的特点。不仅突然爆发，且消失得很快；如果不能及时抓住随机产生的灵感，它可能永不再来。

（3）灵感产生是世界上最公平的现象。任何能正常思维的人都可能随时产生各种各样的灵感。无论是贫民还是权贵，不论是知识渊博的科学家还是贫困地区的文盲都会产生灵感。

（4）产生灵感几乎不需要投入经济成本，而灵感本身却可能是有价值的。灵感价值的大小也是随机的，不会因为你高贵就让你产生高贵的灵感，也不会因为你低贱就只让你产生低贱的灵感。灵感一旦实现了其价值，则可能使其主人高贵。鉴于灵感价值的特点，可以将灵感看做有价值的产品，这种产品是只有智慧的动物——人才能生产的！

（5）灵感具有"采之不尽，用之不竭"的特点。这是灵感最为特殊的特点，越开发灵感产生得越多。

（6）灵感是创造性思维的结果，是新颖的、独特的。当人们灵感闪现时，特别是普通人大脑中突然产生了与自己工作生活无关的灵感，大多数人不能独自开发保护灵感，更难确保实施完成创新，调动其他资源更不是一般百姓能够奢望的。古今中外，无不如此，只有少数人抓住部分灵感，不折不挠地完成了创新，实现了创新的价值，成了发明家、科学家。大多数普通老百姓都把自己的灵感白白丢弃了，不知有多少科学技术飞跃发展的机会都是这样与人类擦肩而过了，太多本来可能通过创新发展成为伟人的普通人最后都归于平庸。因此，首先全社会要树立灵感就是宝贵创新资源的观念。其次个人要把灵感当作可能有价值的产品来对待，注意保护自己大脑中随时产生的灵感。

（7）灵感以抽象思维和形象思维为基础，与其他心理活动紧密相联。人产生灵感时往往具有情绪性。当灵感降临时，人的心情是紧张的、兴奋的，甚至可能陷入迷狂的境地。尽管灵感随时可能产生，产生灵感几乎不需要投入，但对它进行捕捉保存、挖掘提炼、开发转化、实现价值则可能需要一定的投入，而且往往需要经历一定的程序和过程，需要进行必要的社会分工，甚至可能需要调动单位、社会和国家的资源。

四、引发灵感所常用的基本方法

综上所述，科学用脑是开发大脑创造潜能、引发灵感，形成创造性认识的最一般、最普遍适用的方法。那么，引发灵感所常用的基本方法有哪些呢？

（1）观察分析。在进行科技创新活动的过程中，自始至终都离不开观察分析。观察，不是一般的观看，而是有目的、有计划、有步骤、有选择地去观看和考察所要了解的事物。通过深入观察，可以从平常的现象中发现不平常的东西，可以从表面上貌似无关的东西中发现相似点。在观察的同时必须进行分析，只有在观察的基础上进行分析，才能引发灵感，形成创造性的认识。

（2）启发联想。新认识是在已有认识的基础上发展起来的。旧与新或已知与未知的连接是产生新认识的关键。因此，要创新，就需要联想，从联想中受到启发，引发灵感，形成创造性的认识。

（3）实践激发。实践是创造的阵地，是灵感产生的源泉。在实践激发中，既包括现实实践的激发又包括过去实践体会的升华。各项科技成果的获得，都离不开实践需要的推动。在实践活动的过程中，迫切解决问题的需要，就促使人们去积极地思考问题，废寝忘食地去钻研探索。科学探索的逻辑起点是问题，因此，在实践中思考问题，提出问题，解决问题，是引发灵感的一种好方法。

（4）激情冲动。积极的激情，能够调动个体的巨大潜力去创造性地解决问题。在激情冲动的情况下，可以增强注意力，丰富想象力，提高记忆力，加深理解力。从而使人产生出强烈的、不可遏止的创造冲动，并且表现为自动地按照客观事物的规律行事。这种自动性，是建立在准备阶段里经过反复探索的基础之上的。这就是说，激情冲动，也可以引发灵感。

（5）判断推理。判断与推理有着密切的联系，这种联系表现为推理由判断组成，而判断的形成又依赖于推理。推理是从现有判断中获得新判断的过程。因此，在科技创新的活动中，对于新发现或新产生的物质的判断，也是引发灵感，形成创造性认识的过程。所以，判断推理也是引发灵感的一种方法。上述几种方法，是相互联系、相互影响的。在引发灵感的过程中，不是只用一种方法，有时是以一种方法为主，其他方法交叉运用的。

五、灵感的积累

捕捉灵感

（1）长期探索，积极思考

它是激发和捕捉灵感的最基本条件。"得之于顷刻，积之于平日"，灵感是在长期艰苦劳动后出现的。俄国画家列宾说："灵感是对艰苦劳动的奖赏"。灵感并不是心血来潮、灵机一动的产物，"灵感是一位客人，他不爱拜访懒惰者"（柴可夫斯基），只有当自己完全被沉思占有时，才可能有灵感。

（2）劳逸结合，有张有弛

在长时间的紧张思考之后，丢开一切情绪，漫步于林荫道上或登高远望；荷锄于小园香径或卧床休息，都有助于产生灵感。例如，阿基米德是在洗澡时发现浮力定律的；爱因斯坦是在病床上想到相对论

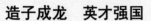

的；华莱士是在疟疾发作时想出进化论中自然选择观点的；凯库勒是在半眠半梦状态中想出苯环的结构的……

（3）调节活动，展开讨论

善于调节自己的活动，往往能把自己从思维的死胡同中解放出来，从而有助于激发和捕捉灵感。法国数学家拉普拉斯曾说，他常把某个复杂的问题搁置几天而不去理它，当他捡起重新考虑时，往往发现它变得极为容易。此外，当你的思维遇到障碍时如果能邀请不同专业的人员一起叙谈，从不同角度探讨问题，往往能使自己摆脱习惯性思维的束缚，启发自己思考，使头脑一新，从而捕捉到灵感。

（4）随时想到，随手记下

灵感往往"来不可遏，去不可止"，如不及时捕捉，就会跑得无影无踪。因此，必须随身携带纸和笔，一旦有灵感就随时记录下来。英国著名女作家艾丽·勃朗特年轻时，除了写作，还要承担繁重的家务劳动。她在厨房煮饭时，总是带着笔和纸，一有空隙，就立刻把脑子里涌现出的想法写下来。大发明家爱迪生、大画家达·芬奇等也都是这样，他们经常随手记下自己在睡前、梦中、散步休息时闪过头脑的每个细微意念。

◆ 灵感日记

美好人生工程的研究发现写灵感日记是记录、保护、开发灵感的好方法，因为任何人只要掌握基本的汉字就可以进行操作。当思想的火花和灵感闪现的时候，随时记录下来，保存下来，进行必要的筛选、提炼，对有价值的灵感特别是有可操作性的灵感要进行修改和完善，阐述清楚，表达完整，对其可行性进行论证，必要时可以请相关专家帮助，将其转化成智力成果。

特别需要指出的是，孩子从学会说话的时候就会产生灵感并具备创新想象力了，7—12岁的孩童时代是人一生当中想象力最丰富、最容易产生灵感的人生阶段，由于目前的作文教学还停留在命题作文的老套路上，总让学生写自己脑子中没有的题材，大多数孩子的想象力不但没能开发培养，而是一点点被扼杀了。针对这种社会现实，建议广大家长引起高度重视，要注意引导并帮助孩子随时记录孩子的灵感。建议从孩子说出第一个惊人之语（最早的灵感）的时候就应该开始用灵感日记的方式记录保护，开始的时候需由家长帮助甚至代劳，等孩子学会基本的拼音和汉字的时候就逐步由自己来记。争取至少一天一个好主意，切记从简单开始，只要能坚持，这种日记一定会慢慢地由短变长，同时孩子的创新思维能力和书面表达能力都会循序渐进地发展起来，这就是人生最重要的创新能力。灵感日记除了具有一般日记可以培养写作能力、锻炼独立思维能力和锤炼意志的基本功能外，灵感积累起来本身就是一笔巨大的财富。首先，可以通过记录和积累灵感巧妙地突破千百年来认识自我这个人生最大的难题：灵感集中的领域就是一个人具有潜能和创造性的领域，从而为人生定位、选择正确的人生发展方向提供科学依据。然后，选出其中价值最大的灵感便可能是一个人可以终生为之奋斗的事业，实现它就是通过创新走向成功，也就是最好的自我实现，也是对国家和社会最大的贡献。

 事例

梦幻思维法的启示

19世纪，美国著名发明家赫威试验用起来更便捷、省力的缝纫机，但多次试验后均未成功。一天夜里，他梦见国王向他发布一道命令，如果24小时之内不能造出缝纫机，就用长矛刺死他，梦里，他看见向他刺来的长矛尖上有个小洞，矛尖慢慢升起，慢慢降下，慢慢升起，慢慢降下……惊悚、恐慌的场面将他惊醒。受到梦的启发，他当即设计了针眼在针尖处的缝纫机。

点评：梦幻思维法是这样的："日有所思，夜有所梦"。人们在浅睡眠状态时，大脑皮层仍然在活动，一般都要做梦。梦，其实是存在大脑中的各种信息在浅睡眠状态时，进行的一种无序组合。所以，大部分的梦是混乱和虚幻的。但是，从事创造发明的人在白天，连续进行高度紧张的创造性思维，在浅睡眠状态时所做的梦，往往会形成创造性的信息组合，给人们以创造性的启示，或得出创造性的结果。

灵感只垂青善于思考的头脑

曾经有一位年轻画家，在屡经挫折后，终于找到了一份工作。他住在废弃的车库里，深夜常常听到一只小老鼠吱吱的叫声。久了，小老鼠竟爬上他的画板嬉戏，他与它享受着相互依赖的乐趣。

不久，画家被介绍到好莱坞去制作一部有关动物的卡通片，一开始，他的工作进度很缓慢，他常常为画些什么而苦思冥想。终于，在一个深夜，他回忆起那只在画板上跳舞的老鼠。

顿时，灵感如泉水涌出，作品一气呵成。

这位年轻的画家就是美国极负盛名的沃特·迪尼斯先生，他创造了风靡全球的米老鼠。上帝给了他一只老鼠，让他的大脑储存了珍贵的灵感。

点评：这个故事说明，灵感和勇气只垂青那些不畏逆境而善于思考的头脑。在失败和挫折面前，你痛苦过吗？痛苦是你自身的作品，上天总会启迪你把痛苦转换为奋斗和拼搏。

第七节 善（善良感）

一、善良感的概念与本质

善良感本身就是一种情感，而这种情感是"好"的、"舒适"的，因此属于一种美感；美感又分为"单一美感"（对单一事物产生的美感）和"氛围美感"（相对于单一美感而言的，指很多事物的整体美感）；而善良是很多事物所引发的整体情感，又是好的，所以就是属于"心理氛围美感"。

因此，善良感的本质是一种"心理氛围美感"。

🍂 正面理解

（1）如果人们发现自己做了什么坏事，心里就会感到不安；因为自己的这段记忆是丑陋的，不美丽、不和谐、不美好的，心理上排斥它。

（2）如果人们发现了社会的肮脏不良现象，心里就会难受；因为人们希望自己内心里存储的东西都是美丽纯洁的，心理上排斥它。

（3）如果心里都是自己做的好事和社会美好现象，那么心理就会很舒适。

🍂 反面理解

（1）如果自己习惯了做坏事，那么最终会众叛亲离。

（2）如果整个社会充满了恶意，那么我们的生存就必然受到威胁。

所以，对人对事要充满善意，心中就自然会更加美好快乐而且生活也会得到更多帮助。

总之，善良感符合氛围美感的各种特征，所以善良感的本质是心理氛围美感；而人们总是倾向于让自己更快乐，于是人们倾向于喜欢善良。

二、善良感的实例证明

（1）一个心理的美感氛围是会受到单个事件的影响的，所以人们做了很多好事，但就算做了一件坏事，整个心理的美感氛围都会受到影响，会觉得自己变坏了，会很自责，除非自己做一些补偿的事情来重新建设一个美好的氛围。而这些举动都是善良的表现。

（2）一个心理氛围也会影响到人们对事物的看法，于是作为美好心理氛围的"善良"，也会让人们觉得自然万物是美好的，从而更加地喜欢和珍惜自然万物，也因此善良的人看起来都比较"博爱"。

总结：善良是生命的黄金。人世间最宝贵的是什么？法国作家雨果说得好："善良既是历史中稀有的珍珠，善良的人便几乎优于伟大的人。"

中国传统文化历来追求一个"善"字：待人处事，强调心存善良、向善之美；与人交往，讲究与人为善、乐善好施；对己要求，主张独善其身、善心常驻。有位名人说过：对众人而言，唯一的权力是法律；对个人而言，唯一的权力是善良。

国外的两则小故事带来的启发：

事例

其一：一场暴风雨过后，成千上万条鱼被卷到一个海滩上，一个小男孩每捡到一条便送到大海里，他不厌其烦地捡着。

一位恰好路过的老人对他说："你一天也捡不了几条。"小男孩一边捡着一边说道："起码我捡到的鱼，它们得到了新的生命。"一时间，老人为之语塞。

其二：在巴西丛林里，一位猎人在射杀一只豹子时，竟看到这只豹子拖着流出肠子的身躯，爬了半个小时，来到两只幼豹面前，喂了最后一口奶后倒了下来。看到这一幕，这位猎人流着悔恨的眼泪折断了猎枪。

如果说前一个故事讲的是孩子对生命善良的本性，那后一个故事中猎人的良心发现也不失为一种"善莫大焉"。

美国作家马克·吐温称善良为一种世界通用的语言，它可以使盲人"看到"、聋子"听到"。心存善良之人，他们的心滚烫，情火热，可以驱赶寒冷，横扫阴霾。善意产生善行，同善良的人接触，往往智慧得到开启，情操变得高尚，灵魂变得纯洁，胸怀更加宽阔。与善良之人相处，不必设防。

播种善良，才能收藏希望。一个人可以没有让旁人惊羡的姿态，也可以忍受"缺金少银"的日子，但离开了善良，却足以让人生搁浅和褪色———因为善良是生命的黄金。多一些善良，多一些谦让，多一些宽容，多一些理解，让人们在生活中感受到美好和幸福。这是善良的人们向往和追求的，也是我们勤劳善良的中华民族所提倡和弘扬的。

三、真正的善良

以人的品质表现出来的善良才为真正的善良。

从时间上来说真正的善良之举不是一时的心血来潮，而是长期坚持善举，终生践行。如深圳的艺人丛飞数年向希望工程捐款数百万，捐完所有的积蓄，即使在得知自己患绝症时，仍不停止捐款。"一个人做点好事并不难，难的是一辈子做好事"。从空间上来说真正的善良之举不仅是一点一事之善举，而是对万事万物都有善心、善意、善举，"普渡众生"。真正的善良之举是隐名埋姓，不张扬、不作秀、不图回报的善举。

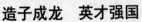

善事、善举何止千千万万，而笔者要说的不是这些具体的东西，说的是善良的本质。

"人之初，性本善"，这是对的。随着社会的发展，劳动成果除满足自己的生活还有剩余，产生了贫富，便有了强弱；如何对待贫富、强弱，便有了善恶，善与恶是相对而又相伴。佛教中的普渡众生，意即劝人向善。古人的善良体现在多方面，打猎者不猎杀幼仔和孕兽，打渔者不用密网网小鱼，伐木者不伐稚苗等。可见善良的社会性及作用于社会的意义。善良是中华民族的美德，人人都有善心、善意、善举；善良在社会中产生互动，便是和谐社会！

 事例

立遗嘱捐全部财产报国

1986年，居住在波士顿的81岁的史坦利·纽伯格去世时立下遗嘱，把全部560万美元的财产捐给美国政府。这位犹太老人当年为逃避纳粹来到美国。他的妻子已经去世，有3名成年子女，但没有获得任何遗产。虽然对于年度预算高达1.5万亿美元的美国来说，560万美元只够政府维持运转两分钟，但纽伯格在遗嘱中说："我感激能够生活在这样一个伟大的国家。"

立遗嘱捐全部财产作慈善基金

1994年，89岁的著名出版家唐纳·米勒逝世，留下高达9000万美元的财产，在他的遗嘱中，除了留给妻子100万以外，全部捐给了慈善基金会。3个成年子女则未留分文。他说："我已培养了他们，他们目前的境遇都不错。"

第五章

龙的锻造——7—18 岁（中、小学生）

第二部分 品德的培养

精 点 导 航

仁: 仁慈

义: 正义、义气

礼: 礼节

信: 守信

忠: 忠实

孝: 责任感

勤: 勤奋

品质教育（Character Education）又称道德品质教育（Moral Character Education），是西方国家中小学传统的道德教育形式，这一德育形式曾在早期非常流行，是当时学校进行道德教育的主要方式。后来随着社会实用主义教育观、柯尔伯格道德认知理论以及价值澄清理论的出现和盛行，品质教育一度被人忽视，　而居于次要地位。进入20世纪90年代，品质教育再度引起重视，并获得了社会各界人士的支持，迅速在学校和社会中推广开来。

一个知识不全的人可以用道德去弥补，而一个道德不全的人却难以用知识去弥补；因此在我国，品质教育也可以追溯到古代。无论是以孔子为代表的儒家思想，还是以老子为代表的道家思想，无不以高尚的道德作为他们的至高境界，主张人既要"利己"也要"利他"。

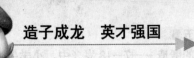

　　"仁、义、礼、智、信"为儒家"五常"，孔子提出"仁、义、礼"，孟子延伸为"仁、义、礼、智"，董仲舒扩充为"仁、义、礼、智、信"，后称"五常"。这"五常"贯穿于中华伦理的发展史中，成为中国价值体系中的最核心因素。

　　孔子曾将"智仁勇"称为"三达德"，又将"仁义礼"组成一个系统，曰："仁者人（爱人）也，亲亲为大；义者宜也，尊贤为大；亲亲之杀，尊贤之等，礼所生焉。" 仁以爱人为核心，义以尊贤为核心，礼就是对仁和义的具体规定。

　　孟子在仁、义、礼之外加入"智"，构成四德或四端，曰："仁之实，事亲（亲亲）是也；义之实，从兄（尊长）是也；礼之实，节文斯二者是也；智之实，知斯二者弗去（背离）是也。"

　　董仲舒又加入"信"，并将仁义礼智信说成是与天地长久的经常法则（"常道"），称为"五常"。 曰："仁义礼智信五常之道"（《贤良对策》）。

　　本书所阐述的"七德"学说，则是针对"造龙"计划中7—18岁青少年的一种崭新理念：

　　仁——仁慈；

　　义——义气；

　　礼——礼节；

　　信——信誉；

　　忠——忠实；

　　孝——负责；

　　勤——勤奋。

　　打造这七种品德，是成为"超人"乃至"龙王"的必备要素。尤其是这个年龄段的孩子，他们处于青春期，心理矛盾错综复杂，主要存在着六对心理矛盾：一是认识低下与道德要求的矛盾；二是独立意识与依附地位的矛盾；三是性的成熟与道德薄弱的矛盾；四是激情冲动与缺乏自制的矛盾；五是物质欲望和难以满足的矛盾；六是悔改意识与不良习惯的矛盾。更需要精心打造。

詹夫人育子心得：
让孩子学会隐忍，正确对待得与失

时下的教育，一般会教孩子"忠、孝、仁、义、礼、智、信"（有的只是提法不同）等，但很少教孩子"忍"。其结果，在他走向社会时，遇到一些事，该忍的没有忍，不该忍的却忍了，无疑会导致事业难以成功。古人云：小不忍则乱大谋。生活中十全十美的事情并不存在，有所得必有所失，因此在选择某一个的同时，就意味着要放弃另一个。我觉得，在詹博士"仁、义、礼、信、忠、孝、勤"的基础上，还应让孩子学会忍。一定要孩子学会权衡利弊，正确对待得失，从小懂得大局观。

第一节 仁（仁慈）

仁，这里取其本义中"同情友爱"之意，指仁心、仁慈。

仁，从人，从二。那为什么这样写这个字呢，古人的意思是什么呢？我们认为这是对"我为人人，人人为我；我害人人，人人必将害我"的概括。仁是道的一种。

一、对"仁"的理解

"仁"为中国古代一种含义极广的道德范畴。本指人与人之间相互亲爱。孔子把"仁"作为最高的道德原则、道德标准和道德境界。他首次把整体的道德规范集于一体，形成了以"仁"为核心的伦理思想结构，它包括孝、弟（悌）、忠、恕、礼、知、勇、恭、宽、信、敏、惠等内容。其中孝、悌是仁的基础，是仁学思想体系的基本支柱之一。他提出要为"仁"的实现而献身，即"杀身以成仁"的观点，对后世产生很大的影响。

据考证，最初只有人字，后以二人相爱，"人"旁加"二"为"仁"，故"仁"由"人"而来。仁固可作"仁义"解，也可作人解。"克己复礼为仁"的仁字，宜作"人"解。以孔子之话作本论，《论语》中如"孝弟也者，其为仁之本欤"、"观过斯知仁矣"、"井有仁焉"，这些"仁"字，都应作"人"解。而一般学者以其字之为仁，多曲为之解，求其说，而不得要领。故上例中"仁"字应作"人"解。否则，"井有仁焉"，作仁义之"仁"解，难以解通。又以其他著作为旁证，可知人、仁同义。例如《论语》所谓"人者仁也"、"仁者爱人"，即本此义。皆由于人、仁同出一源，且关系密切。把仁字均解为"仁义"，难以自圆其说，更难以令人信服。

二、"仁"对中国文化的影响

春秋时，仁一般与忠、义、信、敏、孝、爱等并列，被看成是人的重要德性之一。但是，孔子以前，仁并未受到特别的重视，只有到了孔子这里，仁才被从其他德性中超拔出来，并被赋予新的丰富的内涵。

春秋时期，礼崩乐坏，世衰道微，这就成为了孔子"仁"的思想得到认同的现实基础。冯友兰曾说："孔子对于中国文化之贡献，即在一开始试将原有的制度，加以理论化，与以理论的根据。"这话非常正确。而孔子所给予原有制度的"理论的根据"不是别的，正是仁。全新意义上的仁，完全是孔子动心忍性、敏求善思，自家体味出来的，是孔子述中所作。

孔子之后，在历代儒家学者不断地浇灌和护理之下，这棵新芽历经两千多年的时空洗礼，终于长成了一棵参天大树——儒家文化及以儒家文化为主干的中国传统文化。因此，发现仁，并且把礼乐文化根植于仁的基础上，这是孔子对中国文化最伟大的贡献。借助于仁，中国传统文化顺利地实现了由上古向中古的转折；借助于仁，孔子之前数千年和孔子之后数千年的文化血脉得以沟通连接，而没有中绝断裂。

三、"仁"的产生及现代意义

仁的产生是社会关系大变动在伦理思想上的表现，是对子与父、君与臣以及国与国关系的伦理总结，因而具有很丰富的内容。从另一个角度说，仁学思想的产生是社会生产力发展的结果，生产力的发展必然促使生产关系的变革，这种社会变革引起了人与人之间关系的剧烈变化，从而出现了"礼崩乐坏"的局面。在之前的周礼被破坏后，有识之士便站了出来，寻求一种新的理想的人与人之间的关系。孔子就是这样从春秋时代大量有关仁的思想资料中加以取舍，提炼和综合，

使仁真正成为一个范畴，并以此为逻辑起点，构筑了早期的儒家思想体系。

在孔子提出系统的仁学思想之前的春秋时代就出现了许多关于仁的思想记载。《诗经·郑风·叔于田》曰："洵美且仁"，《诗经·齐风·卢令》曰："其人美且仁"，两处提到仁，且都和美字联系一起，显然在这里，仁是仪文美备的意思，有"文质彬彬，然后君子"的意义。《尚书》有"予仁若考，能多才多艺，能事鬼神"，"予仁若考"就是"予仁而巧"，"巧"就是多才多艺，也就是《论语》中所说的："如有周公之才之美，使骄且吝，其余不足观也已"。《国语·晋语一》："爱亲之谓仁"，仁体现在父子关系上就是爱亲，就是孝。《国语·晋语二》中申生拒绝逃亡说："仁不怨君""逃死而怨君不仁"。仁体现在处理国与国关系上，就是保护小国，救助邻国。此外，仁还有其他含义。如《国语·晋语二》说"利国之谓仁"。

可见，仁包含的范围是相当广泛的，包括了各种具体的宗法道德为主的行为规范，在当时已经涉及了人与人之间的关系问题。孔子正是在此基础进一步提出仁的伦理道德意义。

即使处于现代社会，如果大家都多一些"仁心"，设身处地为别人着想，以宽容之心去换取一点人情味，这世界将变成爱的乐园。对于伤害你的人宽容，则更能显示一个人高贵的品格。

事例

没有上锁的门

乡下小村庄的偏僻小屋里住着一对母女，母亲深怕遭窃总是一到晚上便在门把上连锁三道锁；女儿则厌恶了像风景画般枯燥而一成不变的乡村生活，她向往都市，想去看看自己通过收音机所想象的那个华丽世界。某天清晨，女儿为了追求那虚幻的梦离开了母亲。她趁母亲睡觉时偷偷离家出走了。

"妈，你就当作没我这个女儿吧。"可惜这世界不如她想象的美丽动人，她在不知不觉中，走向堕落之途，深陷无法自拔的泥泞中，这时她才领悟到自己的过错。

经过十年后，已经长大成人的女儿拖着受伤的心与狼狈的身躯，回到了故乡。

她回到家时已是深夜，微弱的灯光透过门缝渗透出来。"妈！"她轻轻敲了敲门，却突然有种不祥的预感。女儿推开门时把她吓了一跳。"好奇怪，母亲之前从来不曾忘记把门锁上的。"母亲瘦弱的身躯蜷曲在冰冷的地板，以令人心疼的模样睡着了。

"妈……妈……"听到女儿的哭泣声，母亲睁开了眼睛，一语不发地搂住女儿疲惫的肩膀。在母亲怀里哭了很久之后，女儿突然好奇问道："妈，今天你怎么没有锁门，有人闯进来怎么办？"

母亲回答说："不只是今天而已，我怕你晚上突然回来进不了家门，所以十年来门从没锁过。"

母亲十年如一日，等待着女儿回来，女儿房间里的摆设一如当年。这天晚上，母女回复到十年前的样子，紧紧锁上房门睡着了。

聪明不如仁爱

全球最大的网上书店亚马逊公司的总裁杰夫·贝索斯小时候，经常在暑假随祖父母一起开车外出旅游。

10岁那年，贝索斯又随祖父母外出旅游。旅游途中，他看到一条反对吸烟的广告上说，吸烟者每吸一口烟，他的寿命便缩短两分钟。正好贝索斯的祖母也吸烟，而且有着30年的烟龄。于是，贝索斯便自作聪明地开始计算祖母吸烟的次数。计算的结果是：祖母的寿命将因吸烟而缩短 16 年。当他得意地把这个结果告诉祖母时，祖母伤心地放声大哭起来。

　　祖父见状，便把贝索斯叫下车，然后拍着他的肩膀说："孩子，总有一天你会明白，仁爱比聪明更难做到。"祖父的这句话虽然只有短短的 19 个字，却令贝索斯终身难忘。从那以后，他一直都按照祖父的教诲做人。

第二节 义（义气）

义：中国古代一种含义极广的道德范畴。本指公正、合理而应当做的。孔子最早提出了"义"。孟子则进一步阐述了"义"。他认为，"信"和"果"都必须以"义也，无适也，无莫也，义之与比。"又："君子喻于义，小人喻于利。"《孟子·离娄下》："大人者，言不必信，行不必果，惟义所在。"

一、"义气"的概念

义气：本指节烈、正义的气概。引申为刚正之气。也指为情谊而甘愿替别人承担风险或作自我牺牲的气度。

（1）节烈、正义的气概。汉·董仲舒《春秋繁露·王道》："仇牧、孔父、荀息之死节，公子目夷不与楚国，此皆执权存国，行正世之义，守惓惓之心，《春秋》嘉义气焉，故皆见之，复正之谓也。"《宋书·沈庆之传》："泣血千里，志复深逆。鞠旅伐罪，义气云踊。"唐·柳宗元《唐故特进南公睢阳庙碑》："惟公与南阳张公巡、高阳许公远，义气悬合，吁谋大同，誓鸠武旅，以遏横溃。"

（2）谓刚正之气。宋·欧阳修《秋声赋》："是谓天地之义气，常以肃杀而为心。"

（3）为情谊而甘愿替别人承担风险或作自我牺牲的气度。《水浒传》第五十一回："他犯了该死的罪，我因义气，放了他。"明·陶宗仪《辍耕录·结交重义气》："于此可见前辈结交重义气，不以贵贱贫富易其心，诚可敬也。"《老残游记》第七回："虽如此说，然当时的交情义气，断不会败坏的；所以我写封信去，一定肯来的。"

二、对"义气"的现代理解

在不少人眼中,"义气"一词的含义已经发生了畸变,狭义地成了"为朋友两肋插刀"。其实义气是讲原则的,如果不辩是非,不顾后果地迎合朋友的不正当需要,这种义气就是一种无知和盲从,是与现代文明社会极不相容的。人之相知,贵在知心。如果与心术不正的所谓"朋友"纠缠不清,自己就可能陷入一个不辨东西的迷魂阵里,从而害人害己。

一般来说,在现代文明社会里应该讲法讲德,而不是讲"义气"。"义气"时下的解释应该为:由于个人或朋友之间的关系而克服困难、承担风险甚至牺牲自己某些利益的思想。

但若是真正的义气,必然是当朋友的尊严受到侵犯,作为朋友必与他一起挺身而出,而不是畏缩在某个角落,当朋友有困难时,不论如何也要帮朋友走出困难,这里义气并不仅限于兄弟之间,也包括朋友、亲人之间。义气也是没私心的友谊,最纯洁最美好的东西。

三、大义、小义与公义

在"义"的系统里,有处理私人关系的义,我们称之为小义;有个人处理国家与国家利益之间的关系的义,我们称之为大义。要做到"义以为质",必须兼顾"小义"与"大义",处理"利"的问题。在"义"的系统里,有公义、大义、小义,三者统一于公义,服从于公义,这个义的核心价值体系就显得充满张力了。由公义统领大义和小义有以下含义:

第一,公义可以让大义和小义之间出现一个给定的明确的选择空间,让生活变得有秩序。在人们的内心深处,有公义作为依据,在小义与大义之间发生冲突的时候,就可以让道理变得明明白白,而不是糊里糊涂。选大义而舍小义,变成一个符合常识的选择,这既有利于私人关系的健康发展，也有利于私人与国家的关系健康发展。

第二，公义可以使人们在小义和大义之间的选择变得有理性。理性可以让人变成一个明白人，而不是做一个糊里糊涂的人。

第三，私人之间、私人与国家之间的关系可以建立在契约之上。契约是理性精神的外显，据此，人们会逐渐发展出凡事商谈、讨论的习惯。一个人若能够独立判断是非，这个人不强大也难，而由这样的人组成的国家不强大也难。

此外，我们通常认为，"义"与"利"是针锋相对、此消彼长、水火难容的。然而，在孔子的认识中，"大义"的实现是通过"小义"的被放弃来实现的，而放弃"小义"无异于对人们的"小利"网开一面，给予满足。于是，个人的"仁义"行为可能引发与社会目标相反的结果，而"义利"相容反而可能会满足社会的需要。

 事例

孔子眼中的"义"与"利"

春秋时期的鲁国有这样一条法律，如果鲁国人在其他国家遇见有本国人在此沦为奴隶的，可以垫钱把这个奴隶赎出来，回国后再到鲁国的国库去报销。据说孔子的一位弟子有一次在国外遇见一个已沦为奴隶的鲁国人，于是花钱把他赎出来，但孔子的这位弟子事后并不到国库去报账，以显示自己追求"义"的决心与真诚。孔子知道此事后，严厉地训斥了这个学生，理由是：你的这种行为将阻碍更多的已沦为奴隶的鲁国人被解放出来。这是因为，你品格高尚，自己掏钱救人，受到社会的赞扬；但今后，当别人在国外再遇见沦为奴隶的鲁国人时，他就会想：垫不垫钱去赎人？如果垫钱赎出了人，回国后去不去报账？不去报账，岂不是白白丢掉一大笔钱？如果去报账，岂不是可能会遭旁人讥笑，显得自己的品格不高？于是就会装作没有看见，这岂不是阻碍了对至今仍沦为奴隶的鲁国人的解救？

有一次，孔子的一个弟子见到有人掉在水里了，他奋不顾身，跳下水去，把遇难者救上岸来，被救者酬谢这位弟子一头牛，他收下了。孔子对这个学生的行为大加赞赏。为什么？这将会使得今后有更多的溺水者受到营救，因为救人于难是可以收受谢礼的，这就激励更多的人去冒险救人。

张学良抗日之"义"

张学良同日本帝国主义有杀父之仇及失土之恨。东北易帜后，张学良曾积极支持蒋介石以武力统一中国，并在中原大战中给蒋以关键性的支援。然而正是这个蒋介石，在日寇大兵压境时，严令他对日不准抵抗，先失去东北三省，后又丢掉热河，还代蒋受过，被迫"下野"出国"考察"。1934年回国后，蒋又命他率东北军先到鄂豫皖"剿共"，后又到陕甘"围剿"红军。两次"剿共"使张学良损失了几个师，蒋不仅不体恤，反而顺势取消了东北军两个师的编制。蒋用打内战来消灭异己使他愤恨不已。

由此可见，张学良、杨虎城两位将军之所以果断发动西安事变，以促成全民族统一抗战，并非出于一时之勇，而是来自对国难日益深重、民心向往抗日的把握。

第三节 礼（礼节）

礼：在中国古代用于定亲疏，决嫌疑，别异同，明是非。《释名》曰："礼，体也。言得事之体也。"《礼器》曰："忠信，礼之本也；义理，礼之文也。无本不立，无文不行。"礼是一个人为人处事的根本。故《论语》曰："不学礼，无以立。"

"礼"原是宗教祭祀仪式上的一种仪态，《说文解字》："礼，履也，所以事福致福也。"可知，"礼"原来并没有等级制度的伦理道德方面意义，在阶级社会出现后，人类开始有等级之分，宗教祭祀也随之出现了身份的限制和区分，于是，作为宗教祭祀仪态的"礼"便开始具有了社会身份区分的内容，并逐渐转化为奴隶社会和封建社会的一种身份制度。

自从有了人类社会，礼就产生了，它是现实生活的缘饰化，用外之物以饰内情，它主要有三个含义：①礼物，就是行礼所用的宫室、衣服、器皿及其他物质的东西。②礼仪。就是使用礼物的仪容动作。③礼意。它是由礼物和礼仪所表达的实实在在、明明白白的内容、旨趣或目的。这就要求礼物和礼仪必须适当，在逐渐完善的礼曲实践中证明为无过不及、恰到好处。

一、"礼"的历史意义

中国一向被称为"礼仪之邦"，"礼"有着深厚的历史文化积淀。

（1）"礼"具有社会身份制度方面的意义。其最迟在殷商时代已经存在，但是，作为一种较为严格的社会制度，则是周朝初年的事情。周朝初年，周武王伐纣灭殷，为巩固周的统治，周公便在殷礼的基础上，重新制定礼乐，将作为社会身份意义的"礼"制度化，系统化。

（2）"礼"在中国古代是社会的典章制度和道德规范。作为典章制度，它是社会政治制度的体现，是维护上层建筑以及与之相适应的人与人交往中的礼节仪式。作为道德规范，它是国家统治者和贵族等一切行为的标准和要求。在孔子以前已有夏礼、殷礼、周礼。夏、殷、周三代之礼，因革相沿，到周公时代的周礼，已比较完善。作为观念形态的礼，在孔子的思想体系中是同"仁"分不开的。到了战国时期，孟子把仁、义、礼、智作为基本的道德规范，礼为"辞让之心"，成为人的德行之一。荀子比孟子更为重视礼，他著有《礼论》，论证了"礼"的起源和社会作用。在长期的历史发展中，礼作为中国社会的道德规范和生活准则，对中华民族精神素质的修养起了重要作用；同时，随着社会的变革和发展，礼不断被赋予新的内容，不断地发生着改变和调整。

（3）礼既是中国古代法律的渊源之一，也是古代法律的重要组成部分。在封建时代，礼是维持社会、政治秩序，巩固等级制度，调整人与人之间的各种社会关系和权利义务的规范和准则。

孔子（《见孔丘》）说，"殷因于夏礼，而有所损益，周因于殷礼，而有所损益。"由此可知夏、殷时代已有礼。

周公制礼，典章制度较前代更为完备，发展到了"郁郁乎文哉"（《论语·八佾》）的程度，使孔子赞叹不已，宣称"吾从周"。春秋时代，孔子以前的人，如师服、内史过等；与孔子同时的人，如叔向、晏婴、游吉等，论礼的很多。但论礼最多，并自成体系的首推孔子。他一生以诗书礼乐教弟子，《论语》中有34处记载孔子论礼。他从理论上说明礼的重要性，立身治国都非有礼不可。礼与仁义是儒家学说的核心。

二、"礼"的本质

我们说的封建礼数的"礼"有着作为政治的等级制度和伦理道德两个方面的属性，作为等级制度的"礼"，强调的是"名位"。也就是孔子所谓的"君君、臣臣、父父、子子"。

作为伦理道德的"礼"的具体内容，包括孝、慈、恭、顺、敬、和、仁、义等。

儒家的理想封建社会秩序是贵贱、尊卑、长幼、亲疏有别，要求人们的生活方式和行为符合他们在家族内的身份和社会、政治地位，不同的身份有不同的行为规范，这就是礼。礼具有鲜明的阶级性和差别性。所以古人指出礼的特征为"别异"（《荀子·乐论》）或"辨异"（《礼记·乐记》）。春秋、战国和汉代论礼的人，一致强调礼的作用在于维持建立在等级制度和亲属关系上的社会差异，这点最能说明礼的含义和本质。

礼既是富于差别性、因人而异的行为规范，所以"名位不同，礼亦异数"（《左传·庄公十八年》）。每个人必须按照他自己的社会、政治地位去选择相应的礼，符合这条件的为有礼，否则就是非礼。历代冠、婚、丧、祭等礼，都是按照当事人的爵位、品级、有官或无官等身份而制定的，对于所用衣饰器物以及仪式都有繁琐的规定，不能僭用。在家族中，父子、夫妇、兄弟之礼各不相同。夜晚为父母安放枕席，早晨向父母问安，出门必面告，回来必面告，不住在室的西南角（尊者所居），不坐在席的中央，不走正中的道路，不立在门的中央，不蓄私财，是人子之礼。只有通过不同的礼，才能确定家族内和社会上各种人的身份和行为，使人人各尽其本分。

统治阶级内部和庶人都受礼的约束。所谓"礼不下庶人"，并非庶人无礼，只是说庶人限于财力、物力和时间，不能备礼，更重要的是贵族和大夫的礼不适用于庶人。例如庶人无庙祭而祭于寝。

三、"礼"的范围

礼的内容繁多，范围广泛，涉及人类各种行为和国家各种活动。《礼

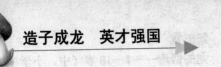
记》说，"以之居处有礼故长幼辨也，以之闺门之内有礼故三族和也，以之朝廷有礼故官爵序也，以之田猎有礼故戎事闲也，以之军旅有礼故武功成也。是故宫室得其度……鬼神得其飨，丧纪得其哀，辨说得其党，官得其体，政事得其施"，可见其范围之广，"君子无物而不在礼矣"。

四、"礼"的作用

儒家认为，人人遵守符合其身份和地位的行为规范，便"礼达而分定"，达到孔子所说的"君君、臣臣、父父、子子"的境地，贵贱、尊卑、长幼、亲疏有别的理想社会秩序便可维持了，国家便可以长治久安了。反之，弃礼而不用，或不遵守符合身份、地位的行为规范，便将如周内史过所说的："礼不行则上下昏"，而儒家所鼓吹的理想社会和伦常便无法维持了，国家也就不可得而治了。因此，儒家极端重视礼在治理国家方面的作用，提出礼治的口号。孔子说："安上治民，莫善于礼"，《礼记》云："礼者君之大柄也……所以治政安君也"，可见礼是封建统治阶级维持其统治的重要工具。"为政先礼，礼其政之本欤！"儒家认为推行礼治即是为政。师服云："礼以体政"；孔子说："为国以礼"；晏婴说："礼之可以为国也久矣"；《左传》引君子曰："礼经国家，定社稷"；《左传·昭五年》女叔齐云："礼所以守其国，行其政令，无失其民者也"；荀子云："国之命在礼"。从这些话里可以充分看出礼与政治的密切关系，国之治乱系于礼之兴废。

五、以"礼"入"法"

儒家主张礼治，以差别性的行为规范即礼作为维持社会、政治秩序的工具，同法家主张法治，以同一性的行为规范即法作为维持社会、政治秩序的工具，原是对立的。在先秦百家争鸣的时代，儒、法两家各自坚持自己的主张，抨击对方的学说，互不相让。秦、汉法律都是法家拟订的。商鞅的秦法源于魏李悝的《法经》，萧何定汉律又承秦制，为法家一脉相承的正统，完全代表法家精神，为儒家所不能接受。汉武帝标榜儒术，法家逐渐失势，儒家抬头后，开始以儒家思想改变法律的面貌。《周礼》有八议之说，魏始以八议入律。自魏、晋、宋、齐、梁、陈、北魏、北齐、北周直至隋、唐、宋、明，皆载于律，法律全盘礼化。到了清代才不复引用。除八议、官当、十恶、不孝、留养、按服制定罪等条外，还有不少条文是来源于礼的。以礼入法的过程亦即法的儒家化过程。

以礼入法，是中国法律发展史上一件大事，法律因此发生了重大、深远的变化，礼成为法律的重要组成部分，形成了法律为礼教所支配的局面。古人所谓"明刑弼教"，实质上即以法律制裁的力量来维持礼，加强礼的合法性和强制性。礼认为对的，就是法认为合法的；礼所不容许的，也就是法所禁为、所制裁的。诚如东汉廷尉陈宠疏中所云："礼之所去，刑之所取，失礼则入刑，相为表里者也"；明丘濬《大学衍义补》云："人心违于礼义，然后入于刑法"。礼与法的关系极为密切，这是中国封建法律的主要特征和基本精神。

六、"礼"在近代的演变

在"礼"两个方面的属性中，等级制度为"礼"的本质。而伦理道德方面的属性则为等级制度的外在显现。封建礼数实际上是通过向人们灌注孝、慈、恭、顺、敬、和、仁、义等，把这些外在于人的伦理道德观念变为人的内在需求，去束缚人们的思想，限制人们的行为，把人们变为统治阶梯的忠实奴仆，以达到维护封建等级制度的目的。正因为如此，所以中国封建社会的历代统治者都把封建礼教作为维护

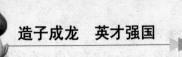

其统治的不二法门。

自从民国以来，我国的礼仪制度在不断变得简单化、人性化，吸收了西方一些可以借鉴的模式。"礼"，只是人们日常生活中所必须遵守的道德规范和行为规范，已经脱离了原先为封建时期森严的等级制度服务的本质，而是维系社会良好风气的道德规范。但这并不是意味着我们就可以不再受到"礼"的约束，甚至把儒家文化等一味地看成是陈腐的，而把西方文明看成是完美无缺的。实际上，我们所摒弃的只是"礼"中的糟粕，对于儒家文化中占据相当分量的高尚的东西，我们还是要继承并发扬；而在另一个方面，西方的文明也不见得完全像我们所见所闻的那样人性。随着中国的一步步发展，"礼"无与伦比的魅力必将会再度大放异彩，使世界眼中的中华民族，是一个文明、开放的民族，而中国当然就是一个文明、开放的国度。可以说，中国的形象，将会因为"礼"而更加亮丽、清新。

七、"礼"的正确理解

"礼"，即礼貌、礼节、礼仪。人有上下、尊卑、老幼，如果没有规矩就乱套了。父母、老师想教他点东西，他嬉皮笑脸肯定是教不进去。上课的时候他目中无人，迟到、早退、进进出出，与人说话的时候恶言恶语，怎么可能赢得别人对他的尊重。他的语言太多充满了为所欲为的私语放纵，给人家感觉受不了。这种不讲礼节，一旦自己受不了，就发狠，狂躁地骂人！所以没有礼貌的人，喜欢对人动手动脚。

八、"礼"的原则

"尊重"原则：要求在各种类型的人际交往活动中，以相互尊重为前提，要尊重对方，不损害对方利益；同时又要保持自尊。

"遵守"原则：遵守社会公德，遵时守信，真诚友善，谦虚随和。

"适度"原则：现代礼仪强调人之间的交流与沟通一定要把握适度性，不同场合、不同对象，应始终不卑不亢，落落大方，把握好一定的分寸。

"自律"原则：交流双方在要求尊重自己之前，首先应当检查自己的行为是否符合礼仪规范要求。

九、说"礼"的小故事

事例

师礼

这个故事，说的是宋代学者杨时和游酢向程颢、程颐拜师求教的事儿。

二程是洛阳伊川人，同是宋代著名儒学家。二程学说，后来为朱熹继承和发展，世称"程朱学派"。杨时、游酢向二程求学，非常恭敬。杨游二人，原先以程颢为师，程颢去世后，他们都已四十岁，而且已考上了进士，然而他们还要去找程颐继续求学。故事就发生在他们初次到嵩阳书院，登门拜见程颐的那天。

相传，一日杨时、游酢来到嵩阳书院拜见程颐，正遇上这位老先生闭目养神，坐着假睡。程颐明知有两个客人来了，他却不言不动，不予理睬。杨、游二人怕打扰先生休息，只好恭恭敬敬，肃然待立，一声不吭等候他睁开眼来。如此等了好半天，程颐才如梦初醒，见了杨、游，装作一惊说道："啊！啊！贤辈早在此乎！"意思是说你们两个还在这儿没走啊。那天正是冬季很冷的一天，不知什么时候，开始下起雪来。门外积雪，有一尺多深。

点评：这个故事，就叫"程门立雪"。在宋代读书人中流传很广，后来形容尊敬老师、诚恳求教，人们就往往引用这个典故。

孔子尚礼

孔子小时候就十分崇尚礼制，他聪明好学，富于模仿性，年仅五岁就能组织儿童模仿祭祀礼仪。这一切都和孔母早期教育分不开。孔母经常给孔子讲故事：从盘古开天地、女娲炼石补天，讲到天命玄鸟降而生商、姜嫄履大人之迹而有周，又讲了尧舜禅让、大禹治水、文王演《易》等许许多多的故事。一天孔丘听母亲讲了周公吐哺、制礼作乐的故事，非常认真地攥着小拳头说："周公太好了，娘，我长大了也要当周公那样的人！"

他曾到洛阳向老子问礼。后来在鲁国做司寇，代理着相国的职务。他服侍君王，非常尽礼。上朝时，和上大夫交谈，态度中正自然；和下大夫交谈，态度和乐轻松。进入国君的宫门时，低头弯腰，态度恭敬；快到国君面前时，小步快行，态度端谨。走进周公的庙里，每一种事情的礼仪，都要向人询问。

有一次孔子同鲁国的君主在郊外祭祀后，鲁君违背礼制，没有将祭品分给大夫们共享。孔子觉得他们无礼，没等脱下礼帽来，就离开了鲁国，到别的地方去了。路过宋国时，他曾和弟子们在树底下习练礼节。

孔子在平常没有事的时候，他的容貌很舒畅，神色很愉快。外表虽然温和，却仍旧带着严肃；外表虽然威严，却不流于刚猛；外表虽然恭谨，心里仍是安泰的。他遇到放得不正当的座位，就不肯坐下；在有丧事的人旁边吃饭，从来不吃饱；在这一天里哭过，就不再唱歌。可见圣人对于小小的事情，也是不肯苟且的。

一天，鲁国的乐师襄子来拜访孔子，孔子和他谈起了音乐。襄子善于弹琴，孔子想请他指导自己弹琴，襄子答应了。于是襄子就教孔子一支曲子，孔子很认真地学习。十天以后襄子觉得孔子弹得不错了，就对他说："这支曲子你已经弹得很好了，再学一支吧！""不，"孔子诚恳地说，"我刚会弹，对旋律还不熟悉，让我再练几天吧。"说着，孔子又专心致志地练了起来。

几天后，襄子又说："你对这支曲子的旋律已经很熟，可以学别的曲子了。"孔子仍然不同意，说道："虽然旋律弹熟了，但我还不太清楚这支曲子的意思，让我再琢磨几天吧。"这样，孔子又练了起来。过了几天，襄子又催孔子学习新的曲子。孔子说："我现在知道这支曲子的意思了，但我还不知道它的作者是谁，再给我几天时间，让我想想好吗？"襄子被孔子认真学习的态度感动了，就不再勉强他。又过了几天，孔子兴奋地跑到襄子那里，告诉他："这支曲子的意思很深，作曲的人一定有远大的理想，除了周文王还能是谁呢？"襄子惊叹道："你说得一点儿不错，我学这首曲子的时候，我的老师好像说过，这首曲子是周文王作的，叫《文王操》。"

孔子认真学习音乐，收获很大。古代流传下来的诗歌有三千多首，他晚年整理古代诗歌，取其精华，选了三百零五首，都能一首一首地弹唱出来，编成了《诗》，后人称为《诗经》。他一生完成了《诗》、《书》、《礼》、《乐》、《易》、《春秋》等六部经典的编修工作。孔子以这些经典为教材，精心传授学生，培养了大量的卓越人才。

点评：孔子尚礼，集夏礼、殷礼、周礼之大成，形成了自己的思想体系，他不仅推崇"礼"，同时也是践行"礼"的典范。

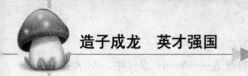

第四节　信（信誉）

一、"信"的概念

其一：以"人"、"言"合成单字作为表现形式，表明了造字者对人言的重视。此含义主要表现出通过人类语言所传递的各种信息。

其二：人类创造的文明语言体系包含大量信息，人们也通过各种言辞生成自己想要传递的信息。

其三：一个人或一类人对一种事的传递。

信誉：诚实守信的声誉。北齐颜之推《颜氏家训·名实》："吾见世人，清名登而金贝入，信誉显而然诺亏，不知后之矛戟，毁前之干橹也。"

二、对"信"的一般理解

信字的结构，左边是个"人"字，右边是个"言"字，可见其意始于人言诚实不欺的道德原则。信是儒家纲常的五常之一，子曰："与朋友交而不信乎？"《说文解字》："信者，诚也。"这些正表达了儒家对诚信不欺的交友原则的重视。从这个原初意义上，信引申出恪守信用、实践诺言的内涵。再进一步引申，就有了信从、信奉之义，而对于信士，如其侍主，则更要落实到一个忠字上。这样，我们就不难理解关羽为什么要忍受生的痛苦和投降的耻辱，选择活下来并带着两位夫人千里走单骑，亡归刘备。而关羽死后，刘备为什么又要放弃自己辛辛苦苦建立起来的大好江山不要，悍然起兵伐吴。归结到底，都是忠和信。

信者，人言也。远古时没有纸，经验技能均靠言传身教。

别人用生命或鲜血换来的对周围世界的认识，不信是要吃亏的。

以此估计，信者，实为人类之言，是人类从普遍经验中总结出来的东西，当然不会骗人。

"信"指令人信服的话，让人感觉有信用的话。如果一个人在别人面前承诺，结果一转身忘记了，或者根本不当一回事。我们说他不守信用，这种人有这样的特点：答应别人帮忙做件事情，人家对他有期待，整天等他回复消息就是没动静，结果下次人家就不会信他了。守信，为人之本。言而无信的人，这种人大家都不信他；人家都不信他，他就会变成孤家寡人；变成孤家寡人就显得很冰冷，他活在一个自私的世界里。为什么人不守信呢？其实本质就是因为自私。

三、对"信誉"的现代理解

所谓信誉，是指依附在人之间、单位之间和商品交易之间形成的一种相互信任的生产关系和社会关系。信誉构成了人之间、单位之间、商品交易之间的双方自觉自愿的反复交往，消费者甚至愿意付出更多的钱来延续这种关系。

"信誉"有如下特点：一是看不见摸不着；二是像影子一样时时刻刻在人之间、单位之间和商品交易之间存在并发挥作用；三是默默地影响着个人、单位、商家和政府部门等的形象。形象是一种软生产力。

作为青少年，处于"造龙计划"的成长关键时期，应从如下方面理解并树立个人的信誉：

（1）建立信誉伦理道德石，塑造诚实守信的品行、品德和人格。

（2）建立个人信誉文化基石，使信誉文化成为整个中国的环境和土壤。

（3）"无恒产者无信用"，建立个人知识财富明确的基石。

（4）建立信誉监督机制基石，迫使不讲信誉的"水"顺着"信誉渠"而流。

事例

因承诺而不避祸

在南朝刘义庆的《世说新语》中，记载着这么一个故事：说是东汉末年，天下大乱，华歆和王朗乘坐同一条船逃避战乱，行至途中遇到一个难民，央告着想搭船。华歆显得很为难：答应吧，不明底细，恐有灾祸上身；不答应吧，眼看着这个难民就只有原地等死。王朗却显得很大度，说船中还有空宽余，为什么不答应他呢？华歆同意了，于是两人便把这个难民请到船上。不料这个难民原来是贼兵追逐的目标，乱军一拥而至，追向华歆和王朗的船。王朗很想丢下这个难民，华歆不同意，说："当初我之所以犹豫，就是因为预想到可能会发生眼下这种危急的情形。现在既然已经接受了他的要求，怎么可以因为情势危急而将他弃之不顾呢？"于是后人从这件事判别出华歆和王朗人品见识的高下。

点评：《礼记》有言：君子不失口于人。这样看来，华歆宁冒生命危险，也要兑现自己的诺言，搭救这位陌生人，正可谓："杀人以自生，亡人以自存，君子不为也"。照这样看来，在这个故事里，华歆表现得可算是一位君子。君子是慎诺言的，因为轻易许诺必然少信用，把别人所请求的事看得太轻易必然会面对极大的困难。轻诺必寡信，多易必多难。《左传·昭公八年》中说："君子之言，信而有徵（徵，证验），故怨远于其身。"君子慎诺言，不失口，正是为了行事立德而不招众怨。然而一旦允诺，就要不顾险阻，坚持实行。

烽火戏诸侯

周幽王有个宠妃叫褒姒，为博取她的一笑，周幽王下令在都城附近 20 多座烽火台上点起烽火——烽火是边关报警的信号，只有在外敌入侵时召唤诸侯来救援才能点燃。结果诸侯们见到烽火，率领兵将们匆匆赶到，当弄明白这是君王为博妻一笑的花招后又愤然离去。褒姒看到平日威仪赫赫的诸侯们手足无措的样子，终于开心一笑。五年后，敌兵大举攻周，幽王烽火再燃而诸侯未到——谁也不愿再上第二次当了。结果幽王被逼自刎而褒姒也被俘虏。

点评：一个帝王无信，戏玩"狼来了"的游戏。结果身死国亡。可见，"信"对一个国家的兴衰存亡起着非常重要的作用。

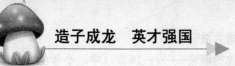

第五节 忠（忠实）

一、有关"忠"的概念

忠：从"忠"字的小篆字形来看为存心居中，正直不偏。做到竭诚尽责就是忠的表现。

忠实：

（1）指忠诚老实，十分可靠。如：《史记·李将军列传》："（李广）死之日，天下知与不知，皆为尽哀。彼其忠实心诚信于士大夫也。"宋文天祥《集杜诗〈林检院琦〉序》："（林琦）外有文采，内甚忠实，数随患难，劳而不怨。" 明唐顺之《条陈海防经略事疏》："苏松兵备金事熊桴自倭事始起，以至今日无一岁不在兵间，忠实练事，沉毅内明，出入海潮，艰危不避。" 茅盾《昙》二："人家的信，一封一封接连着来，很忠实很恳切。"

（2）真实正确地反映。如"忠实于原著。"

尽忠：竭尽忠诚、尽忠尽力，甚至牺牲生命。尽忠是做人的根本。

二、古人对"忠"的理解

古人谓：忠者，德之正也。惟正己可以化人，故正心所以修身乃至齐家、治国、平天下。而尽忠者，必能发挥出最大的智慧和才干，因为公生明，偏则暗；诚如《大学》所言，"致知在格物"——革除私欲之后，一切事物的道理无不清楚明白。因此无论我们是做大事业的，还是在平凡岗位上的，要想真正做好，须臾都不能离开忠字。

曾子每日反省自己，首先就是"为人谋而不忠乎？"意为"别人托付给的事情，是不是忠实且尽心尽力地办到了？"比如说，作为一个教师，对教学上的事情，尽心尽力地做圆满了吗？身为母亲，为家庭尽职、尽责地教养孩子了吗？作为父亲，很好地为子女作榜样了吗？当学生的，功课认真努力了吗？各自在岗位的职务上尽忠了吗？果真能效法曾子每日反省的功夫，查找每日自己"忠诚"的程度如何，未尝不是提升自己的好方法。

三、忠诚是一个人的优势和财富

忠诚可以换取别人的信任和坦诚，如果你有了忠诚的美德，那么总有一天，你会发现其会成为你巨大的财富。相反，如果你失去了忠诚，那你也就失去了成功的机会。一个不忠诚的人即使才华横溢也不会成功，因为他无法取得别人的信任。在孩子未来的职业生涯中，不管是上司还是下属，都不会喜欢这样的人。所以这也表明：忠于别人，就是忠于自己；背叛别人，也就是背叛自己。

忠诚的狗

绍兴人周某，被贼劫到湖州，为首的贼头很凶残。一天，有一条狗便溺在地上，贼头大怒，便要把他自己所养的狗都杀掉。杀到最后，有一条黑狗哀号着像是乞求免杀的样子。周某和贼头相处很好，就竭力请求不要杀了这条黑狗；贼头答应了，周某便把这条黑狗寄养在其他地方。过了几个月后，周某从贼窝中逃出，黑狗也随他一起逃出。到了德清，睡在一所古庙中。到了傍晚，狗忽然抓他的床。周某惊醒，听见户外有人窃窃耳语，知道招贼了，这些贼是来图财害命的。于是，周某夺门而出。此时，几个人拿着兵刃，黑狗猛烈撕咬贼人，周某才得以幸免于难。后来绕道回绍兴的路上，大风把他们乘坐的船刮翻，周某掉进水中，大黑狗也跳进水中，叼住他的衣服把他托到岸边，周某又一次得以不死。

光绪元年，有人在杭州城隍山看见了周某，那条狗也还活着。

点评：人对狗历来存在偏见，故凡骂人多用"狗"字。其实，狗是一种非常忠诚的动物。那些对国家、对事业不忠的人，不应该从这个小故事中悟出一些道理么？

屈原爱国故事

据《史记·屈原贾生列传》记载，屈原是楚怀王时的大臣，"博闻强志，明于治乱，娴于辞令。入则与王图议国事，以出号令；出则接遇宾客，应对诸侯，王甚任之"。因为他受到楚怀王的重用，引起上官大夫及令尹子兰的嫉妒，就在楚怀王及继位的楚顷襄王之前毁谤屈原。楚王逐渐疏远屈原，连带的也不采纳他的谏言，最后甚至将屈原放逐。

屈原满怀悲愤，落拓江湖，在写下了绝笔作《怀沙》后，怀石投汨罗江自尽。屈原死后数十年，楚国终因谗臣误国而为秦所灭。但是屈原这位悲剧英雄还活在楚国百姓的心中。

第六节 孝（责任感）

孝：从"耂"，从"子"。"耂"从"土"从"丿"，读为"不土"，意为"不耕作"；"子"指"儿女"。"耂"与"子"联合起来表示"放弃耕作，专心侍候老人"。

本义：尽心侍奉父母。

说明：田间耕作是古代一个农业家庭的主要生活来源。但家中老人生病也需要子女花费时间照顾。能够舍弃生业专心侍奉老人就是一种儿女的自我牺牲。这种自我牺牲就是"孝"。

"七德"中所说的"孝"，就是这种自我牺牲精神的延伸。试想，父母养育之恩重如山，一个对自己父母都不孝的人，会对他人如何？

一、孝道思想

孝道是中华民族的两大基本传统道德行为准则之一，另一个基本传统道德行为准则是忠。几千年来，人们把忠孝视为天性，甚至作为区别人与禽兽的标志。忠孝是圣人提出来的，却不是圣人想出来的。它是我国古代长期社会实践的历史产物。

从秦汉开始，我国就建立了多民族统一的大国，建成它并维护它要有两条保证。第一条，要保证对广土众民的大国高度集权的有效统治；第二条，要使生活在最基层的个体农民，安居乐业，从事生产。高度集中的政权与极端分散的农民双方要互相配合，减少对立，在统一的国家协调下，才能从事大规模跨地区的农业建设，防止内战，抵御外患，救灾防灾。个体农民从中受到实惠，则天下太平。

农业生产是中国古代社会根据自然环境的合理选择。家庭是中国古代一家一户的基层生产组织，从而构成社会的基本细胞。小农生产

的家庭对国家有纳税的义务，国家有保护小农的责任，

"国"与"家"的关系协调得好，则天下治，反之则乱。保证实现国家、君主有效统治的最高原则是"忠"；巩固基层社会秩序，增加乡党邻里和睦，父慈子孝的最高原则是"孝"。中国古代社会最基本的细胞是家庭，因而，忠孝二者相较，孝比忠更根本。

《十三经》中的《孝经》把孝当作天经地义的最高准则。后来北宋张载作《西铭》，在《孝经》的基础上，融忠、孝为一体，从哲学本体论的高度，把伦理学、政治学、心性论、本体论组成一个完整的孝的体系。这对中华民族的发展，增强民族凝聚力，形成民族价值观的共识，起了积极作用，功不可没。

二、客观理解"孝"的内涵

"五四"以来，有些学者没有历史地对待孝这一社会现象和行为，出于反对封建思想的目的，把孝说成罪恶之源，是不对的，因为它不符合历史实际。

孝道是古代社会历史的产物，不能看做是古代圣人想出来专门限制家庭子女的桎梏。

古代农业社会，政府重道德伦理，体恤天下为人父母之心怀，所以有"父母在不远游"的古训；孝道贯穿始终，父母在世时要孝顺，亡故后应常思念父母的养育恩德，为子女做榜样，故有"父在观其志，父没观其行，三年无改于父之道"的训条。子女刚出生时父母日夜守护，任劳任怨，真心切切，子女懂事后对父母要"晨昏定省"。设身处地，将心比心，体恤父母的用心良苦，所以有"天下无不是父母"。

进入现代社会，我国社会结构正在转型过程中，社会老龄化现象对孝道研究提出了新课题。我国推行计划生育政策，出现大量独生子女。子女有赡养父母的义务。新型家庭一对夫妇要照顾两对父母，传统观念规定的某些孝道行为规范，今天有孝心的子女难以照办。当前社会保障制度尚不完善，无论父母或者子女，家庭仍然起着安全港湾的作用。

今天对孝道的理解和诠释正面临前所未有的新形势，几千年来以家庭为基础培育起来的、深入到千家万户的传统观念，需要从理论到实践进行再认识。这一课题关系社会长治久安，更关系到民族兴衰。只要群策群力，假以时日，深入研究，必有丰厚的成绩。

三、"七德"教育中所体现的对"孝"的现代思维

"七德"学说中把"孝"阐释为"负责任、有担当"。取"孝道"中所体现的自我牺牲精神，即设身处地、将心比心地体恤利害关系人，要有责任感，并对自己所应承担的责任心甘情愿地有所担当。

一个人若对理应自己承担的责任祈求回报或常怀怨恨之心，其结果往往使人产生愤愤不平或怨恨，习惯性怨恨又会带来情绪的烦恼郁闷乃至自怜，就不可能把自己视为成自立自强的人。喜欢怨恨的人常把自己的命运交给别人，把自己的感受和行动交给别人支配，自己则像乞丐一样依赖他人。

一朵玫瑰花

有位绅士在花店门口停了车，他打算向花店订一束花，请他们送去给远在故乡的母亲。

绅士正要走进店门时，发现有个小女孩坐在路上哭，绅士走到小女孩面前问她说："孩子，为什么坐在这里哭？"

"我想买一朵玫瑰花送给妈妈，可是我的钱不够。"孩子说。

绅士听了感到心疼。

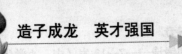

"这样啊……"于是绅士牵着小女孩的手走进花店，先订了要送给母亲的花束，然后给小女孩买了一朵玫瑰花。走出花店时绅士向小女孩提议，要开车送她回家。

"真的要送我回家吗？"

"当然啊！"

"那你送我去妈妈那里好了。可是叔叔，我妈妈住的地方，离这里很远。"

"早知道就不载你了。"绅士开玩笑地说。

绅士照小女孩说的一直开了过去，没想到走出市区大马路之后，随着蜿蜒山路前行，竟然来到了墓园。小女孩把花放在一座新坟旁边，她为了给一个月前刚过世的母亲，献上一朵玫瑰花，而走了一大段远路。绅士将小女孩送回家中，然后再度折返花店。他取消了要寄给母亲的花束，而改买了一大束鲜花，直奔离这里有五小时车程的母亲家中，他要亲自将花献给妈妈。

世上最美味的泡面

她是个单亲妈妈，独自抚养一个七岁的小男孩。每当孩子和朋友玩耍受伤回来，她对过世丈夫留下的缺憾，便感受尤深，心底不免传来阵阵悲凉的哀鸣。

这是她留下孩子出差当天发生的事。因为要赶火车，没时间陪孩子吃早餐，她便匆匆离开了家门。一路上担心着孩子有没有吃饭，会不会哭，心老是放不下。即使抵达了出差地点，也不时打电话回家。可孩子总是很懂事地要她不要担心。然而因为心里牵挂不安，便草草处理完事情，踏上归途。回到家时孩子已经熟睡了，这才松了一口气。旅途上的疲惫，让她全身无力。正准备就寝时，突然大吃一惊：棉被下面，竟然有一碗打翻了的泡面！

"这孩子！"她在盛怒之下，朝熟睡中的儿子的屁股，一阵狠打。

"为什么这么不乖，惹妈妈生气？你这样调皮，把棉被弄脏，要给谁洗？"这是丈夫过世之后，她第一次体罚孩子。

"我没有……"孩子抽咽着辩解着："我没有调皮，这……这是给妈妈吃的晚餐。"

原来孩子为了配合妈妈回家的时间，特地泡了两碗泡面，一碗自己吃，另一碗给妈妈。可是因为怕妈妈那碗面凉掉，所以放进了棉被底下保温。

妈妈听了，不发一语地紧紧抱住孩子。看着碗里剩下那一半已经泡涨的泡面："啊！孩子，这是世上最……最美味的泡面啊！"

第七节 勤（勤奋）

一、"勤"的多重含义

（1）形声。从堇从力，堇亦声。"堇"义为"短暂的"。"堇"与"力"联合起来表示"短期内用力的"。本义：短期内格外用力做事尽力，不偷懒：～劳、～快、～奋、～政（勤奋于政事）、～谨、～勉、～恳、克～克俭、～～恳恳。

（2）尽力多做，不断地做。

勤，劳也。——《说文》

文王既勤止。——《诗·周颂·赍》

勤者，有事则收之。——《礼记·玉藻》。注："执劳辱之事也。"

厥父母勤劳稼穑。——《书·天逸》

何勤子屠母，而死兮竟地？——《楚辞·天问》

会数而礼勤。——宋司马光《训俭示康》

勤且艰若此。——明宋濂《送东阳马生序》

又如：勤力得（勤劳的人）；勤儿（能手）；勤紧（勤劳）；勤学（努力学习）；勤勤（劳苦的样子）；勤能（勤勉而又有才能）。

（3）为某人某事尽力；帮助。

秦人勤我也。——《国语·晋语》

今君其不勤民。——《左传·僖公二十八年》。注："尽心尽力，无所爱惜为勤。"

勤天子之难。——《吕氏春秋·不广》

又如：勤民（尽心尽力于民事）；勤事（尽心尽力于职事）。

（4）忙于；致力于。如：勤兵（率兵出征）、勤苦（勤劳辛苦）、勤属（勤于职守）、勤人（操劳政事，致力于百姓）。

（5）通"尽"。竭，完 。

绵绵若存，用之不勤。——《老子·六章》

力勤则匮。——《淮南子·主术》

二、"业精于勤"新解

"业精于勤，荒于嬉"，出自韩愈的《进学解》。意思是说学业由于勤奋而精通，但它却荒废在嬉笑声中，事情由于反复思考而成功，但却会毁灭于随随便便。古往今来，多少成就事业的人来自于精于业。

古人有云："不劳而获黄粱梦"，这句话就说明了天下没有免费的午餐，没有什么事等着就会到来。比如学习，靠的是多学、多练、多思，可是若是只顾着玩，学习便会退步，如逆水行舟，不进则退。这也表明精深的业技靠的是勤学、刻苦努力，你的成绩必有所进步，而整天嘻嘻哈哈顾着玩，便会一事无成。比如技术能手，靠的是争分夺秒的勤学苦练。

三、说"勤奋"

勤奋：指认认真真，努力干好一件事情，不怕吃苦，踏实工作。

勤奋，对于我们来说并不是一个陌生的字眼，然而在我们日常的学习生活中，谁又能真正地做到勤奋、真正地为实现自己的目标而不懈地努力呢？有人说，我有一个聪明的大脑，什么事都能被我轻而易举地解决。也有人说，只要我掌握了有效的方法和技巧，勤奋与否不是很重要。而笔者认为，不论你是否聪明还是你是否掌握了有效的方法和技巧，都需要勤奋、刻苦来实现目标和理想。

伟大的发明家爱迪生有一句至理名言："成功是 1% 的天分和 99% 的勤奋。"显而易见，天分也许很重要，但更重要的是勤奋和努力。人活在这个世界上为的是做能够对社会有用的事来体现自己的人生价

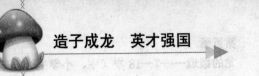
值，证明了自己不枉来这个世界上走这一遭。然而我们只习惯看到别人的成功和辉煌，看到别人的华丽和富有，殊不知在这成功的背后，有多少勤奋、努力和汗水才成就了今天的辉煌。

梁启超曾在他的演讲《敬业与乐业》中说道："人类既不是上帝特地制来充当消化面包的机器，自然该个人因自己的地位和才力，认定一件事去做。"但当我们树立了自己的目标，确立了自己想要做的事以后，又该做些什么呢？自然是朝着自己的目标发奋、努力，争取实现它。有些人也确立了自己的目标，也知道要想成功就必须勤奋，但他每天躺在床上对自己说：我要勤奋。像这样每天无所事事，总是口头上说我要勤奋，却不付诸于行动，又有什么用呢？所以从现在起，给自己设定一个目标，并从现在做起，抓紧每一分钟勤奋学习，不放松对自己的要求，这样才有可能成功。

人一出生都是平等的，之所以到以后有的人成功了，为社会做出了贡献，而有的人却一辈子默默无闻，甚至成为社会的累赘，是因为成功的人懂得了要想成功就必须勤奋、努力的道理。

华罗庚有句名言："勤能补拙是良训，一分辛劳一分才。"那些自认为没有天赋的人不要悲观，要相信，只要付出勤奋的劳动，就一定有收获；而那些很聪明的人们，也不要在夸耀声中骄傲，要明白，"一分耕耘，一分收获。"没有辛勤耕耘，是不会在丰收的季节获得硕果的。

四、"勤学"应学什么？

具有严重惰性的孩子，主要表现为学习被动，作业完不成或抄袭，造成考试交白卷或作弊，生活散漫。要以平时的家务事开始训练，不要让孩子饭来张口、衣来伸手；父母要以身作则，事事起表率作用；要从孩子力所能及的日常小事上培养勤劳的习惯，并持之以恒，坚持训练。父母在家庭教育中只要坚持"动之以情，晓之以理，导之以行，持之以恒"的教育原则，在了解孩子、理解孩子的基础上讲究家教方法。

我们看到中国的福布斯富豪榜上，很多都是小学文化的，美国富豪也有小学文化的，比如福特汽车公司的创始人亨利·福特。或许都听说过新东方学校的创办人俞敏洪，他的智商也不是很出众，当年他考了三次大学才考上。因此我们说，一个成功人士可以没有学历，但不可以没有文化。文化决定态度，文化就是人的软件，文化决定人所走的道路。

中国的文化是"水牛文化"，我们要取其精华去其糟粕，吸收其他国家优秀的文化，例如美国的探险、创新精神。伟人之所以成为伟人是因为其精神伟大，人因思想文化而伟大。和别人谈文化，若文化同道，则业务同道；放在生活中也如此，若文化同道，则朋友能在友情道路上同道，恋人能够生活同道。"七德"理论的精髓，就是要在打造孩子健全的人格和文化品位上下功夫。可把智慧和才能看做是发动机的马力，但是输出功率，也就是发动机的工作效率则取决于理性。这涉及习惯、性格等方面因素，涉及行为是否合乎理性，是不是自己在妨碍自己。

 事例

必须好好利用每一分钟

科特·汉密尔顿是美国著名花样滑冰运动员，他的母亲原来只是一名普通的中学教师，但她十分珍惜时间，充分抓住每一分钟刻苦自学，后来终于成为鲍灵格林大学婚姻家庭系的副教授。她经常对汉密尔顿说："上天给你的生命不过是许多分钟，而且是有限的。从你出生的那一天开始，你就只有这么多分钟的生活，因此，你必须好好利用每一分钟。"

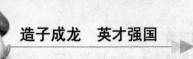

在人的一生中，我们每天都可以自由地选择如何处理自己所拥有的每一分钟。你既可以把它消磨在咖啡屋和酒吧里，也可以将它花在研究室或运动场上。由于受到母亲的影响，汉密尔顿也十分珍惜时间，抓紧每一分钟训练。辛勤的汗水，终于换来了丰厚的回报，他在1981—1984年连续4次获得世界冠军。

点评：没有人能只依靠天分成功。上帝给予了天分，勤奋将天分变为天才。

天道酬勤

曾国藩是中国历史上最有影响的人物之一，然而他小时候的天赋却不高。

有一天在家读书，对一篇文章重复不知道多少遍了，还在朗读，因为他还没有背下来。这时候他家来了一个贼，潜伏在他的屋檐下，希望等读书人睡觉之后捞点好处。可是等啊等，就是不见他睡觉，还是翻来复去地读那篇文章。贼人大怒，跳出来说，这种水平读什么书？然后将那文章背诵一遍，扬长而去！

勤能补拙是良训，一分辛苦一分才。那贼人是很聪明，至少比曾先生要聪明；记忆力也真好，听过几遍的文章都能背下来；而且很勇敢，见别人不睡觉居然可以跳出来大怒，教训曾先生之后，还要背书，扬长而去。但遗憾的是他只能成为贼，且名不经传；曾先生后来启用了一大批人才，按说这位贼人与曾先生有一面之交，大可去施展一二，可惜，他的天赋没有加上勤奋和德行，最后不知所踪。而曾先生却成为毛泽东主席都钦佩的人：近代最有大本事的人。

点评：伟大的成功和辛勤的劳动是成正比的，有一分劳动就有一分收获，日积月累，从少到多，奇迹就可以创造出来。

第三部分 叛逆期——人性与诱惑的较量
14—18岁（初高中阶段）

精 点 导 航

詹夫人：叛逆期的应对

叛逆期的年龄、管教方法与技巧的研究

初中到高中的这个阶段的青少年称之为叛逆期，这个阶段的孩子处于最懵懂的时期。对于很多事情，他们都是似懂非懂，可偏偏喜欢装得什么都懂似的。他们老是喜欢跟别人唱反调，尤其是跟大人（老师及家长）。大人们觉得这样他们偏要那样；总觉得按大人们的方法做就很受委屈，很不甘心。正因为他们这种心态，所以称之为叛逆。

究其原因，青少年正处于心理的"过渡期"，其独立意识和自我意识日益增强，迫切希望摆脱成人的监护。他们反对成人把自己当"小孩"，而以成人自居。为了表现自己的 "非凡"，就对任何事物都倾向于持批判的态度。正是由于他们感到或担心外界忽视了自己的独立存在，才产生了叛逆心理，从而用各种手段、方法来确立"自我"与外界的平等地位。叛逆心理虽然称不上是一种非健康的心理，但是当它极其强烈时却是一种反常的心理。这虽然不同于变态心理，但已带有变态心理的某些特征。如果不及时加以矫正，发展下去对青少年的成长非常不利。

一、为何现代孩子的叛逆期提前到来？

"孩子突然像变了个人一样，真难管"，这是诸多家长对孩子叛

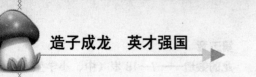

逆的共鸣，却不知到底是什么原因所致。其实这一切是孩子青春叛逆期到来的表现，我国把11—12岁定为青春期早期，由于这个时期的孩子难管，所以国外也将其称为"狂躁期"、"困难期"等。

由于升学、人际关系等压力的增大，处在青春期的学生心理发生变化，如果没有对其进行适当引导，孩子很容易在认知、理解、运用等环节产生技能和心理上的障碍，尤其在一些非正常的外界因素影响下，往往会激发他们潜意识的反抗，刺激他们对外界采取抗拒行为，形成"叛逆"。

据调查显示，由于现今孩子所处环境较其父母所处环境复杂得多，所以他们的青春叛逆期比其父母早到1—2年，也承受了更多的压力。所以当孩子有些"叛逆"时，家长不必过于担心，要理解孩子，注意调整教育方法。

詹夫人育子心得
叛逆期，亟需重视的年龄段

从初中一二年级起，孩子已经逐渐长得比父母还高了，开始不听父母的话，也相应地进入叛逆期。这个期间，孩子极易被外界诱惑，社会影响甚至会胜于前期教育。家长必须与老师配合，唤醒孩子前期存在脑海中的品德教育或利用一切合适的机会给予教育。叛逆期的教育，要以"人气"教育为主，同时注意孩子的心理特点，把握好时机进行教育；同时要让孩子明白知识与财富的关系，知识就是财富；同时也要懂得利用知识，否则就是一个彻头彻尾的书呆子，或成为一个对于社会无用的人。所有的教育都应该讲究方式方法，切忌不合时宜地没完没了。

二、青春叛逆期的孩子如何管教？

青春叛逆期的孩子为什么难管教？要知道其原因，家长还需走进孩子的内心深处，了解他们到底在想什么。孩子进入青春期后由于生理变化引发心理变化，他们遇事开始思考，形成并不成熟的主见，对父母的话开始怀疑。而父母在权威动摇后，一时难以适应，又不愿降低身价、调整教育方法去面对孩子，对此，孩子便心生抗拒，让家长觉得难以教育。

面对这些处在十字路口的孩子，家长的教育要更加耐心、细心和用心。

避免两极教育误区

家长应辩证看待孩子的青春叛逆期，该阶段是孩子世界观形成的关键时期，其个性和创造性都恣意升腾，侍机张扬；同时，由于孩子身心发展、所受教育的局限，他们形成的诸多想法并不成熟甚至偏激，这就需要靠外界教育正确引导孩子。但在现实的教育中，一些家长却很容易陷入教育两极分化的误区。

误区一：全面打击。有的家长面对孩子的叛逆言行，如顶嘴、不听话等，大为恼火，觉得不把孩子的这股"邪劲"压下去，孩子就有可能变坏。于是家长采取了强硬的措施，非打即骂。渐渐地，孩子表面上恢复到以前那个言听计从的"乖孩子"，实际上，已关上心灵深处那扇与父母交流的大门。

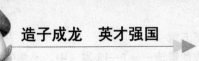

　　误区二：放任自流。在现实中，一些家长面对难教的孩子，在几度管教而无多大起色后便失去了信心，开始对孩子放任自流。此时，无论孩子的言行、想法怎样，家长都不再过问、指导。久而久之，孩子受到不良影响，行为发生偏差，待家长懊悔时，才发现已耽误了孩子的一生。

下放权力给孩子

　　孩子进入青春叛逆期后，格外渴望得到外界的认可和尊重。所以，家长要注意对他们下放各种权利，以帮助孩子从不谙世事向成熟过渡。

　　（1）自主权。"你应该"、"你必须"、"你懂什么"诸如此类的话是不少家长的口头禅。建议家长们面对叛逆期的孩子尽量少说这样的话，内心深处认为自己已是大人的孩子是不会接受这种命令的口吻的。

　　（2）发言权。"考不上大学就去扫马路"等话语，不少家长都对孩子说过，虽然是为了孩子好，但他们的耳朵已经长茧，叛逆期的他们对这些话可以说是"百毒不侵"了。这时家长应少说多听，了解孩子到底在想什么。

　　（3）时间支配权。这个时期的孩子渴望拥有自己的小天地，所以，家长不要自作主张，将孩子的时间按自己的意愿排得满满的，要将时间交由孩子自己去安排，对安排的不合理处，家长再以商量的口吻提出建议，千万不要全盘否定孩子。

　　（4）表决权。家中的一些大事，如搬家、买房之类的，不妨同孩子商量一下，考虑一下孩子的感受，征求孩子的意见，有着民主氛围的家庭，孩子一般能主动向父母靠近。

　　（5）隐私权。孩子在进入初中后，一些家长发现，以前经常跟自己说心里话的孩子变得不太爱搭理自己了，孩子开始有了自己上锁的日记本、私人信件。如果孩子实在不愿同家长交流，也不必过于强迫，尤其是不要偷窥孩子隐私，尊重孩子的同时也为自己赢得了尊重。

亲子沟通有技巧

对于叛逆较明显的孩子，家长会感觉到与之不好沟通。这里介绍几条比较实用的亲子沟通技巧。

（1）尊重孩子。家长不要老是盯着孩子的弱点，不要拿孩子的短处同别的孩子的优点比较。在与孩子接触时，家长应尽可能多找孩子的优点，并多鼓励，减少孩子对家长的抗拒心理。

（2）换位思考。家长也是从青春叛逆期走过来的，只是没有现在的孩子表现得明显，面对孩子令人不解的行为，不妨换位思考，想想孩子为什么会这样。有了共鸣后就会理解孩子，就能找出问题的症结。

（3）忌从学习入题。同孩子交流，家长不要老以学习成绩入题，这样只会让孩子心有压力，怀疑家长交流的动机。交流时，家长可以从家事入手，将孩子的情绪稳定下来后，再谈正事。

（4）稳定情绪。家长带着情绪去教育孩子，肯定是不理智的，会导致孩子愈加抗拒。所以，家长在急躁、心烦、不冷静的时候，不要教育孩子。待冷静后，再去同孩子交流。

（5）允许孩子犯错。这个阶段正是孩子形成主见的关键时期，小错肯定难免；所以，家长应该允许孩子犯一点错、吃点亏，不要过分束缚孩子的手脚。同时，家长是孩子最好的榜样，叛逆期的孩子模仿能力强，家长的良好言行能给孩子潜移默化的影响。

（6）减少孩子的负担。父母都怀有"望子成龙、望女成凤"的想法，甚至有的家长把自己没有实现的愿望强加到孩子身上。孩子从学校放学回来还要进行他们不愿意的培训，使得孩子们没有很好地得到精神的放松，反而给孩子带来了很大的精神压力；导致他们讨厌生活，并使得叛逆期提前到了，建议家长让孩子学习的时候也适当地给他们玩的时间。

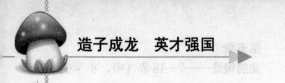

作者心语

人类有三界之分，从事技艺、艺术、科研者为艺界，有灵为创；从事商业、政治、战争者为谋界，以利为本；普通人、君子、圣人组成真人界，以德为准；艺界中人必须有灵气、也称仙气，才有创造力；谋界中人有谋略与手段，俗称魔气，才能生存；真人界有德，简称人气，才能得到尊重与发展。

世间凡人或常人很多，人才很少，天才或英雄极少，几百年或上千年才出一个，且也不完美，这主要是英雄不适合在人类的普通环境下生长，俗语说教人为人；另外我们也没有找到培养英雄的方法和规律；其实任何英雄不外乎具备以下五大素质：爱因斯坦的智商、秦始皇的志向、孔子的品德、诸葛亮的智慧、曹操的谋略；以上五大要素只要抓住人在各年段的成长规律就像造电脑一样将完美的英雄在各阶段打造出来。

人类的发展必须要经历如下阶段：第一级称为原态人，即没有经过教育培养的人；第二级人称为普通人，即受过中学教育，但生活中没经过再努力进取；第三级人称为智人，即受过高等教育，是具备忠诚、敬业、一技之长的人，简称才人；第四级人为高级智人，即在智人基础上，还是具有创造力和管理能力的人，简称高级人才；第五级人为超人，即具备有德如孔子，智如诸葛亮，谋如曹操，世间绝少，故为超人；第六级人为龙王，即在超人基础上，还具备爱因斯坦的智商、秦始皇的大志；第七级人应该是我们所说的上帝了，因为他已吸取人类7000年文明所有的优点，尤其已开发人类所有的潜能。未来人类之间的竞争应该是通过机器人来实现，每一等级的人类可以制造出比他低一级的机器人；地球上各国的实力将体现在造出什么等级的人才，进而造出什么等级的机器人；那些落后的国家将更加落后，他们不仅被其他国家控制，而且将被高级机器人控制……本书作者想通过对世界文化的探讨最终希望能对传统中国文化基因有所完善。中国总有一天成为世界第一强国，但必须具有国际最先进水平的文化。我们共同等待这以一天的到来。

思特·詹

2011年5月写于巴黎家中

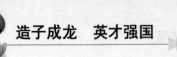

思特文化传播（天津）有限公司
Stephane Culture Media (TJ) Co.,Ltd,

　　思特文化传播（天津）有限公司是一家致力于文化创新与青少年素质教育及人力资源服务的综合性机构，公司隶属于法国巴士德集团，是法国独资企业。公司创办人思特·詹先生是法籍华人，法国奥尔良大学博士，在法国学习工作 20 余年，深刻了解中西方文化，2000 年回国建立巴士德门业集团，现已成为中国三大门业品牌，詹博士对企业管理、教育培训与化创意产业及人力资源管理都有着丰富的经验，并以其独特的创意性思维撰写出时代前沿的文化作品。

　　思特文化传播以创新理念为核心，以文化市场需求为导向，以国际背景资源为依托，以为全人类提供无国界的文化教育服务为宗旨，打造三大领域服务版块：

　　文化版块 包括教育、励志类书籍的出版，科幻类影视剧本工作室，以及动漫产业及相关衍生品的研发与营销。

　　教育版块 包括以青少年受众为主导的成长阶梯式素质教育咨询、出国留学咨询，以及以企业受众为主导的定制化商业管理及营销培训。

　　人才版块 包括创新式大型 HR 人力资源超市服务，以及兼具创造性和科学性的人才测评软件"能量镜"的开发。

　　思特文化传播已经或近期即将隆重登场的文化力作如下：

　　《造子成龙》 一场教育的革命，爸爸妈妈（准爸爸妈妈）的得力助手，孩子的良师益友。三岁看大，七岁看老，不教成虫，他教不如自教。

　　《王者商法》 小资白领大成功的必备宝典。讲述商道创业者如何通过自修而成为商界领袖。

　　《能量镜》 我的地盘我做主，自己的命运掌握在自己的手中。能力测评系统，采用能运学分析计算本能能量、个性特点、财富储量或从政前景。

《魔域重生》 不同于《哈利波特》的是，这是一部具有深刻的教育理念和环保危机意识的科幻 3D 影视力作，并具有更为广泛的受众人群。

思特文化传播拥有一支专业、高效，严谨，并且充满阳光、激情、勇于创新的团队。透过系统的企业文化建立、规范而高效的企业管理模式、创新研发的蓝海战略理念，形成了在文化产业中特有且不可复制的核心竞争力；思特文化立足于文化创意产业，借助自身国际文化资源背景，强势联盟，资源整合，以向全世界人民普惠文化创新理念为己任，驱动着思特人以共创辉煌为发展观，不断探索研发，努力奋进，实现各项事业迈向稳定快速的发展阶段。

思特文化一直倡导"文化决定态度，态度决定一切，细节决定成败"的核心价值观以及"创新思维、高效严谨、合作共赢"的经营理念；始终秉承"以人为本、传播文化，服务社会"的企业宗旨；不懈追求"创新思特、诚信思特、标榜思特"的企业价值目标。天道酬勤，厚德载物，思特文化传播以坚定的社会责任感，宽广的商业胸襟，积极履行社会责任，以开创者和意见领袖的姿态，透过致力于文化产业的创新研发与拓展联盟，积极努力实现全民文化普惠，为构建和谐社会贡献自己的一份力量。

思特文化传播（天津）有限公司
地址：天津市南开区凌宾璐凌奥创意产业园 8 号楼 3 楼
咨询电话：022—58690395 18622396159 18622396166